Chemnitzer Str. 31, 44139 Dortmund
Internet: http://www.grafit.de
E-Mail: info@grafit.de

Umschlaggestaltung: Nele Schütz Design
unter Verwendung von © shutterstock/Nickolay Koroshkov
Druck und Bindearbeiten: CPI – Clausen & Bosse, Leck
ISBN 978-3-89425-674-6
1. 2. 3. / 2018 17 16

Michael Herzig

Am Ende die Nacht

Roman

grafit

Blerim zieht um

Fünf Tage später wurde Blerim Selimi auf eine Bahre gelegt. Seine Augen waren zugeschwollen, Nase, Mund und Rachen verätzt. Eine Sauerstoffmaske wurde auf sein Gesicht gelegt und Luft in seine Lungen gepresst. Er nahm den geschäftigen Ton der Notfallsanitäter wahr und aufgeregte Kinderstimmen, jedoch formten sich in seinem Bewusstsein Laute nicht zu Worten und Worte nicht zu Bedeutung. Alle seine Empfindungen hingen an jenem Augenblick fest, als Zsófia Bihari in den Laden getreten war und das Regal mit den Handys betrachtet hatte.

Sie war eine Hure. Keine Szenetussi, keine Studentin, keine von hier. Dunkle Augen, rasierte und nachgezogene Brauen, ein auf den Hals tätowierter Schmetterling, ein rosa Top, die Konturen des Büstenhalters sichtbar unter dem dünnen Stoff, eine blaue Trainingshose, goldglänzende Turnschuhe.

Er begegnete ihr meistens nach Feierabend, wenn er auf dem Weg zum Bus war. Sie wohnte in einem Gebäude bei der Haltestelle, das sich von den anderen alten Stadthäusern in dem Block durch ein riesiges Lüftungsrohr unterschied, das auf der Hofseite vom Erdgeschoss zum Dach hinaufführte. Im Parterre hatten sich die Betreiber von Imbissbuden alle paar Jahre den Schlüssel weitergegeben, mittlerweile versuchte ein Telekomgeschäft, hier Fuß zu fassen. In den oberen Stockwerken betrieb der Untermieter eines Untermieters eine Absteige für osteuropäische Sexarbeiterinnen. So nannte Blerims Vater die Huren.

Sein alter Herr war Sozialarbeiter. Die Frauen würden ausgebeutet, sagte er. Von Zuhältern, Menschenhändlern,

Freiern und Immobilienspekulanten. Eine Liege in einem Viererzimmer kostete zwei Tausender. Der Typ, der abkassierte, trug ein fleckiges Hemd und führte einen Köter mit sich.

Die Huren gingen arbeiten, wenn Blerim damit aufhörte. Immer im Rudel, nie allein. Sie wurden angestarrt, vermieden selbst aber jeden Blickkontakt. Prostitution war in dieser Gegend verboten, zurückschauen teuer.

»Haben Sie eine Verbindung zwischen USB und PS2?«

Blerim hatte den Kunden nicht bemerkt und außer der Hure von nebenan nur einen Deppen im Auge gehabt, der vor der Auslage mit den DVDs herumlümmelte.

»Das sind diese Stecker für Tastatur und Maus, die es gab, bevor irgendwann alle Anschlüsse auf USB umgestellt worden sind. So runde, mehrpolige Stöpsel. Verstehen Sie, was ich meine?«

Wir Jugos benutzen immer noch die alten Kisten, hätte Blerim am liebsten zu ihm gesagt. »So etwas führen wir nicht«, antwortete er stattdessen. »Das ist zu speziell für unser Sortiment.«

Der Mann war enttäuscht. »Mein Computer ist manövrierunfähig. Die USB-Anschlüsse funktionieren nicht mehr.«

Der Kunde erinnerte Blerim an einen Berufsschullehrer. Einen, der so viel Verständnis für seine Schüler hatte, dass man ihm nichts übel nehmen konnte. »Versuchen Sie es doch am besten da mal, die haben alles.« Er schrieb Name und Adresse eines Fachgeschäfts auf einen Zettel, in dem er gerne gearbeitet hätte. Doch dort stellte niemand einen vorbestraften Drogenhändler ein.

Der Kunde dankte und wandte sich ab. Plötzlich blieb er stehen, überlegte einen Augenblick und verlangte nach einer Packung Batterien.

Blerim verkaufte ihm eine von den teuren.

Mittlerweile hatten zwei Frauen den Laden betreten und waren in die Ecke mit den Fernsehern geschlendert. Anstelle der Prostituierten zogen sie nun die Blicke des Spanners auf sich, der immer noch vor der Auslage mit den Filmen stand.

Die Hure kam auf Blerim zu und blieb vor der Kasse stehen. Einige Herzschläge lang erglühte er unter ihren Augen, die dunkel in ihn hineinschauten, dann senkten sich ihre Lider. Leise und in gebrochenem Deutsch erklärte sie, dass sie eine Prepaidkarte und ein Handy haben wolle.

Blerim begleitete sie zu dem Regal und zeigte ihr die Geräte. Unbewusst verfiel er in das Baustellendeutsch seines Großvaters. Er scherzte, er schäkerte, er schmeichelte. Sie hörte zu, überlegte und deutete auf ein silbernes Telefon. Blerim öffnete die Vitrine, nahm das Handy heraus und ging zurück zur Kasse.

Weil er es für eine Schikane hielt, die ihm peinlich war, erklärte er etwas umständlich, dass sie ihm einen Personalausweis zeigen müsse. Gleichgültig kramte sie einen Pass aus ihrer Handtasche. Einen ungarischen. Dazu eine Meldebestätigung des Migrationsamtes.

»In Wirklichkeit sind Sie viel hübscher«, säuselte Blerim, nachdem er das Passfoto überprüft hatte.

Ohne ihn anzusehen, lächelte sie verlegen, bis sie unvermittelt wieder ernst wurde und ängstlich zur Tür starrte.

Blerim füllte das entsprechende Formular aus und betätigte die Kasse. Die Frau bezahlte bar.

Als er alles in eine Plastiktasche verpackt hatte und ihr diese überreichen wollte, zögerte er. Er wünschte sich die Intensität des ersten Blickkontaktes zurück, dass sie ihn berührte bei der Übergabe des Einkaufes, dass er den Duft ihres Haares riechen könnte oder dass der Schmetterling auf ihrem Hals mit den Flügeln flatterte und Blerim es fühlen könnte.

Sie griff nach der Tüte und huschte zum Ausgang.

Blerim starrte ihr auch dann noch hinterher, als die Ungarin längst um die Ecke verschwunden war. Es war kurz vor Feierabend. Für den nächsten Tag hatte er sich freigenommen. Sein Umzug stand an.

Aus den Augenwinkeln bemerkte er eine Bewegung, doch es dauerte einige Sekunden, bis seine Gedanken wieder bei der Arbeit waren. Vor einem Plasmabildschirm plapperten die beiden Kundinnen in Spanisch. Der Spanner wandte sich dem Ausgang zu. Instinktiv trat Blerim hinter der Theke hervor und ging auf ihn zu. Der Typ rannte los. Blerim versuchte, ihm ein Bein zu stellen, kam jedoch zu spät. Die Alarmanlage schrillte, als der Scheißkerl aus dem Laden raste und über die Straße hetzte, wobei er um ein Haar von einem Streifenwagen angefahren wurde. Im allerletzten Moment bremste der Polizist am Steuer, der Dieb stolperte, rappelte sich auf, rannte weiter, schubste auf der anderen Seite eine Frau weg und verschwand in der nächsten Querstraße.

Blerim sah, wie ihn der Beamte anstierte. Der Beifahrer sprach mit der angerempelten Frau, die ihre Kleider glatt strich. Sie schüttelte den Kopf. Daraufhin fuhr der Wagen weiter. Blerim ließ die Kinnlade hängen. Entweder waren die Bullen zu taub, um den Alarm zu hören, oder zu faul, um zu arbeiten. Weder das eine noch das andere würde sein Chef ihm glauben.

Blerim richtete die Kiste mit den Ramschartikeln wieder auf, die der Idiot umgeworfen hatte, und sammelte einige Regenschirme ein, die auf dem Trottoir herumlagen.

Nachdem er alles in Ordnung gebracht hatte, fiel ihm die Ungarin erneut auf. Mittlerweile wusste er, dass sie Zsófia Bihari hieß. Sie stand vor dem Durchgang zu dem Hinterhof, über den sie in ihre Wohnung gelangte. Linker Hand befand sich ein asiatisches Restaurant, rechts ein Café mit

Außenbewirtung. An den Tischen genossen einige Gäste die Abendsonne.

Neben Zsófia stand ein Kerl. Groß, massig, kahl und mindestens zwanzig Jahre älter. Er begutachtete das Telefon, das ihr Blerim verkauft hatte, und schnauzte sie wegen irgendetwas an. Sie verschwand im Hof. Der Mann legte die SIM-Karte ein und wählte eine Nummer. Das Handy am Ohr, glotzte er Blerim an.

*

»Krasses Haar!« Blerims kleiner Bruder war ein Fußballtalent. A-Junior des Stadtklubs. Allerdings verhinderten seine Eltern, dass er wie ein Fußballer aussah, weshalb Haris Blerim um dessen ständig wechselnde Frisur beneidete.

»Ein Irokese ist doch nichts Besonderes«, zickte Julika, ihre Schwester. »Doch das Muster ist hübsch. Wer hat dir das denn auf den Schädel rasiert?«

»Eine Blondine mit prallem Hintern und dicken Möpsen.« Blerim setzte sich an den Tisch. Trotzig betrachtete er den dampfenden Topf Spaghetti und die Schüssel Bolognese. Haris' Lieblingsgericht.

»Eine Tussi, die Kunst macht«, kicherte Julika.

»Schluss jetzt«, intervenierte der Vater, während er die Pasta auf seinem Teller mit einer dicken Schicht Parmesan bedeckte. »In dieser Wohnung hat eure Gossensprache nichts verloren!«

»Josips Häuschen ist hübsch geworden.« Die Mutter lenkte das Gespräch in eine andere Richtung. »Und der Garten erst. So etwas fehlt uns in der Stadt.«

»Aber in unserem Hof kann man Fußball spielen«, verteidigte Haris sein Zuhause, dem sein Bruder ein Reihenhaus in der Agglomeration vorgezogen hatte.

»Außerdem kann ich im Treppenhaus die anderen Mädchen treffen«, fügte Julika an. »Und wenn die Jungs unter den Bäumen kiffen, kümmert das auch keinen.«

»Na, na, na, junge Dame«, warnte der Vater mit einem Seitenblick auf Haris. »Über Drogen sprechen wir nicht am Tisch. Das ist eine ernsthafte Sache.«

Die Mutter nickte heftig. »Damit muss man sich in dieser Gegend viel zu früh auseinandersetzen.«

»Ich weiß doch längst Bescheid.« Haris schaufelte Soße auf seinen Teller. »Im vierzehnten Stock wohnt ein Junkie. Der stinkt.«

»Ich möchte nicht, dass darüber gesprochen wird, als wäre das das normalste Thema der Welt«, beendete die Mutter das Gespräch. »Das ist es nämlich ganz und gar nicht. Basta!«

»Josip ist ein Spießer!«

»Sind wir das nicht alle?«, relativierte der Vater.

Blerim starrte auf die Gabel aufgerollter Spaghetti, über die hinweg sein Vater ihn in dem Bewusstsein anlächelte, dass seinen Sohn nichts mehr provozierte als Nachsicht und Verständnis.

»Wir lieben dich so, wie du bist, Blerim«, seufzte die Mutter. »Aber wir schlafen besser und vergießen weniger Tränen, seit du Fernseher und Computer verkaufst statt verbotenes Zeug.«

»Warum soll Josip spießig sein?«, bohrte Julika nach. »Weil er eine Schweizerin geheiratet hat?«

»Er wollte Kickboxer werden.« Blerim legte sein Besteck auf den Teller und stand auf. »Jetzt ist er Busfahrer.« Er brachte sein Geschirr in die Küche. Als er ins Esszimmer zurückkam, deutete er auf die Tätowierung auf seinem linken Unterarm. »Das ist der Name meines Großvaters. Er wurde als Arbeiter geboren, kam als Arbeiter in dieses Land und er ist als Arbeiter gestorben.« Blerim holte die Jacke aus seinem Zimmer. »Im Übrigen ziehe ich aus. Blaise hat eine Wohnung gefunden. In der ist Platz für zwei.« Er küsste Julika auf den Kopf und boxte Haris zärtlich auf die Brust. Anschließend ging er und schlug die Tür hinter sich zu.

Vom Laubengang aus überblickte Blerim die Dächer der Stadt, die Bahnlinie und die vom Abendverkehr verstopfte Straße. Er ging zum Fahrstuhl. Aus dem Treppenhaus klang Gelächter zu ihm herauf. Es roch nach Zigarettenrauch. Julikas Freundinnen warteten auf seine Schwester.

*

»Mann, sind die süß! Schau mal, wie die sich bewegen!« Sehnsüchtig blickte Blaise den Frauen hinterher, die schwatzend die Allee hinunterstöckelten. »Das ist genau mein Rhythmus.« Er ließ die Hüfte kreisen.

Blerim streckte ihm die Faust zum Gruß entgegen. »Vergiss es. Für diese Bräute bist du …«

»… zu schön, zu sexy, zu gut bestückt?«, unterbrach Blaise seinen Freund, während er seine eigene gegen dessen Faust drückte.

»Zu schwarz. Die rufen die Polizei, sobald du den Mund aufmachst.« Blerim lehnte sich an die Rücklehne der Sitzbank am Straßenrand.

Sie hatten sich beim Türken verabredet, ihrem üblichen Treffpunkt. Von da aus hatte man einen guten Überblick. Schräg gegenüber lagen das Einkaufszentrum und dahinter die Wohnsilos, davor die Tramstation und auf ihrer Höhe die Kreuzung.

Unter den Bäumen waren sie von Weitem kaum sichtbar. Wer auch immer auftauchte – Leute, die man unbedingt sehen wollte, oder solche, denen man besser aus dem Weg ging –, sah man, bevor sie einen sahen. Ein weiterer Vorteil war, dass man die Frauen begaffen konnte, die in die Trendlokale der Umgebung pilgerten.

»Die treffen Architekten, Grafiker, Künstler, aber keine Dschungelbewohner.«

»Regarder, ne pas toucher!« Blaise lachte sein schwärzestes Lachen. Er hatte es aus dem ersten *Taxi*-Film abgeguckt. Bei den seltenen Besuchen versorgte ihn sein Vater mit französischen Filmen. Ein verzweifelter Versuch, seinem Jungen zu einem Pluspunkt auf dem Arbeitsmarkt zu verhelfen. Dass er die Filme längst in einer deutschen Synchronfassung aus dem Internet heruntergeladen hatte, verschwieg ihm Blaise. »Hast du es ihnen gesagt?« Blaise entfernte sich ein paar Schritte und fragte einen älteren Mann, der vor dem Imbiss einen Kebab verschlang, nach Feuer.

»Vorhin.«

»Und?«

»Nichts.« Blerim spuckte auf den Boden. Ein vorbeischlenderndes Pärchen schreckte angeekelt zusammen.

»Igitt, der Opa hat mich mit Soße vollgesabbert«, beschwerte sich Blaise, als er mit dem brennenden Joint zurückkam. »Gab es wirklich kein Sozigelaber? Deine Eltern sagen doch zu nichts nichts!«

»Bin abgehauen.«

Blaise saugte den Rauch ein und behielt ihn so lange wie möglich in der Lunge. Beim Ausatmen sprach er weiter, was seine Stimme dämpfte und die Sprache verwischte. »Dass die Bude Gökhan gehört, hast du ihnen nicht verklickert?«

»Nein, Mann.« Blerim griff sich die Tüte und sog ebenfalls daran.

»Gut, denn offiziell ist es unsere. Der große Gökhan will nicht, dass ihm der kleine Staat viel Geld abknöpft.« Er legte Blerim seinen rechten Arm um die Schulter und zog ihn mit sich fort. »Komm, ich zeige dir etwas sexuell Geiles.«

Den Joint hin- und herreichend, gingen sie die Allee hinunter und bogen rechter Hand in eine Nebenstraße ein.

Vor einer Szenekneipe am Ende des Häuserblocks blieb Blaise stehen. »Da ist sie!«

»Wer?« Der Laden brummte. Blerim schaute die Leute an. Seine Altersklasse, aber nicht sein Stil.

»Die Karre.« Blaise ging zu einem knallgelben Auto, das am Straßenrand geparkt war. Er wedelte mit einem Schlüssel herum. Die Lampen leuchteten auf und die Türen wurden entriegelt. »Steig ein!« Blaise öffnete die Fahrertür. Kurz darauf heulte der Motor auf. Aus dem Menschenauflauf vor der Kneipe ertönten sofort die ersten Pfiffe. Blerim beeilte sich, auf den Beifahrersitz zu kommen.

»Ein aufgemotzter Seat Ibiza!«, strahlte Blaise.

»Gökhans aufgemotzter Seat Ibiza.« Blerim schnallte sich an. »Was musst du dafür tun?«

Blaise drehte die Lautstärke der Musikanlage auf und lenkte das Auto um die Ecke. »Transen kutschieren«, schrie er. »Mehr müssen wir nicht tun.«

*

»Gehen wir jetzt feiern?«

Gökhan hatte als Zuhälter angefangen. Zunächst ließ er Transsexuelle anschaffen, später kaufte er ein Bordell dazu. Mittlerweile investierte er in Immobilien. Sein Eintrittsticket in die respektable Gesellschaft. Auch sonst war er aufgeschlossen, solange es um Geld ging.

Nachdem Blerim und Blaise ihre Jugendstrafen abgesessen hatten, brauchten sie einen Job. Für Blerim war es einfach. Als Sozialarbeiter wusste sein Vater, wie man gestrauchelten Jungs auf die Beine hilft. Blaise hingegen erhielt von seinem Alten nichts geschenkt außer Filmen, die sich seine Mutter reinzog, mit wässrigen Augen und einer Flasche Fusel im Schoß. Also war Blaise zu Gökhan gegangen, der in derselben Siedlung aufgewachsen war und mit dessen jüngster Schwester Blaise im Treppenhaus herumgeknutscht hatte. Heute allerdings trug sie ein Kopftuch und wechselte die Straßenseite, wenn ihr Blaise oder Blerim entgegenkamen.

»Eine Tour haben wir noch.« Blaise machte die Musik leiser, damit Blerim ihn hören konnte. »Ein spezieller Spezialauftrag«, flüsterte er. Danach drehte er den Regler wieder auf.

Genervt steckte sich Blerim eine Zigarette an. Als Erstes hatten sie Paola in ein Bonzenhaus am See gefahren. Paola war eine von mehreren Transsexuellen, die für Gökhan arbeiteten, eine kaffeebraune Schönheit, die überdies noch witzig war und mit Blerim schäkerte, während Blaise unter vielen Anwesen die richtige Villa suchte.

Nach Paola nahm das Atemberaubungspotenzial der Fahrgäste ab. Blerim sah Botoxlippen, Silikonbrüste und Stirnglatzen. Je älter die Transen waren, umso verlorener wirkten sie. Sogar Paola schien deprimiert, als Blaise sie drei Stunden später wieder abholte.

Die ganze Fahrt über schaute sie zum Fenster hinaus. Erst starrte sie den See an, dann die Stadt und am Schluss das Partyvolk, das vor den Klubs und Bars herumwuselte. Vor einem Appartementhaus verabschiedete sie sich. Auf einem kleinen Platz davor lag ein Besoffener in seiner Kotze. Ein Nachtwächter in einem VW-Bus öffnete die Einlassschranke für alle zufahrtsberechtigten Automobilisten: Anwohner, Polizei, Krankenwagen, Feuerwehr. Gökhans aufgemotzter Seat gehörte nicht in diese Kategorie.

Blerim begleitete Paola das kurze Stück zum Hauseingang. Als das Licht im Flur eingeschaltet wurde, schien es ihm, als habe sie Tränen in den Augen. Bevor sie die Tür aufstieß, holte sie etwas aus ihrer Handtasche hervor und gab es Blerim. Irgendetwas Zylindrisches, das sie in einen Briefumschlag eingepackt hatte.

»Für Gökhan«, hauchte sie.

»Was ist das?«, fragte Blerim, nachdem er zum Wagen zurückgekehrt war und Blaise das Kuvert gegeben hatte.

»Macht.« Blaise legte den Rückwärtsgang ein und winkte beim Zurücksetzen dem Wachmann in seinem VW-Bus zu.

Blerim warf die Zigarettenpackung auf die Ablage über dem Handschuhfach, stellte den Hip-Hop leiser und klopfte auf dem Sitzpolster den Takt mit. »Ein Dieb hat so getan, als sehe ich nichts, ein Cop hat so getan, als wäre ich nichts, mein Chef hat so getan, als täte ich nichts, mein bester Freund tut so, als kapiere ich nichts«, rappte er zu dem Rhythmus.

»Yo, Mann«, strahlte Blaise.

Gereizt schaute Blerim einer Gruppe Frauen nach, die in Richtung Partymeile unterwegs war. Die Röcke waren kurz, die Absätze hoch, der Gang der einen oder andern war bereits etwas unsicher. »Hier wimmelt es nur so von Weibern und du machst den Neger? Ja, Gökhan, Massa, sicher, Gökhan, Massa, natürlich, Gökhan, Massa!«

Ungerührt lenkte Blaise den Wagen stadtauswärts.

»Das ist die falsche Richtung, Mann!«

»Entspann dich, Muttersöhnchen! In einer halben Stunde sind wir fertig. Dann räumen wir ab. Von den Bräuten, die jetzt noch unterwegs sind, brauchst du keine anzusäuseln. Angaffen, antanzen, anspringen, fertig. Wenn du Glück hast, hat sie Ecstasy übrig. Oder Discoschnee.« Blaise holte einen neuen Joint hervor und gab ihn Blerim. »Wer hat dir das geile Muster auf die Kopfhaut gezaubert?«

»Meine Schwester«, grummelte Blerim, die Zigarette in der einen Hand, den Joint in der anderen.

»Julika, die süße, kleine Julika«, summte Blaise grinsend, während er Blerim Feuer gab. »Ist sie immer noch so gescheit?«

»Klüger als du, Dschungeljunge!« Blerim zog an dem Joint und dachte an die ungarische Prostituierte, die ihm ein Handy abgekauft hatte. »Julika wird studieren. So klug ist sie.« Er reichte Blaise die Tüte. »Wenn ich dich jemals in ihrer Nähe erwische, schlitze ich deinen Bauch auf, hole das Gedärm heraus und erwürge dich damit.«

»Den kenne ich«, grölte Blaise. »In welchem Streifen kommt der vor? *Troja*? Irgendein Sandalenscheiß!«

Blerim lehnte sich ins Polster und starrte die entgegenkommenden Fahrzeuge an.

*

»Boah, das ist wie in einem Hip-Hop-Video!«

Eine dunkelhaarige Frau in hochhackigen Stiefeln und Stringtanga trat auf die Straße und schob vor dem Beifahrerfenster ihren Büstenhalter herunter. Neben ihr wackelte eine groß gewachsene Blondine mit dem Hintern.

Blaise lenkte den Wagen an den beiden vorbei.

Am Wegrand befanden sich in regelmäßigen Abständen hölzerne Unterstände, die vor Wind und Regen schützen sollten. In ihrem Innern leuchteten Neonröhren, davor reihten sich Frauen auf, die mehr oder weniger offen zeigten, was sie zu bieten hatten. Einige saßen rauchend in den Baracken und schauten dem Treiben zu. In der Mitte der beiden Fahrbahnen leuchtete eine farbige Lichterkette. Ein Freilichtpuff in der Ästhetik eines Schrebergartens.

Sie drehten eine Runde und betrachteten die arbeitenden Frauen.

»Warst du schon mal hier?«

Blaise nickte. »Habe Paola hergefahren und wieder abgeholt. Die ist hier nicht beliebt, denn sie versaut den anderen das Geschäft. Wenn Paola mit ihrem Schniepel auf dem Platz ist, machen Frauen mit Mösen keinen Stich mehr.«

»Und warst du auch schon mal in einer Box? Mit Paola vielleicht?«

»Sicher: Auto waschen.« Grinsend hob Blaise seine Rechte für einen High Five.

Blerim schlug ein. »Wen suchen wir denn?«

»Frischfleisch für Gökhan.« Blaise fuhr an der Beratungsstelle für Prostituierte vorbei, die direkt am Straßenstrich angesiedelt war. Auf der Veranda standen Frauen und rauchten. »Die in Klamotten sind Sozialarbeiterinnen«, kicherte er. »Dort drüben stehen die Boxen.« Er deutete auf eine Reihe farbig beleuchteter Holzgaragen, bremste abrupt, ließ einen heranbrausenden Chrysler passieren und reihte sich wieder in die Fahrzeugkolonne ein.

Nach halber Strecke kamen sie zu mehreren Parkplätzen. Auf einem stand ein Wohnmobil. An der Kühlerhaube lehnte eine Frau.

»Warte hier!« Blaise stieg aus und ging auf sie zu.

Blerim beobachtete, wie die Autos im Schritttempo an den Prostituierten vorbeifuhren, wie die Frauen verhandelten und manchmal in die Fahrzeuge einstiegen. Im Scheinwerferlicht einer vorbeirollenden Limousine sah er, dass Blaise der Frau irgendetwas überreichte. Vermutlich Geld, schließlich befanden sie sich auf dem Strich.

Blaise folgte der Frau in den Wagen, hinter der Windschutzscheibe wurde der Vorhang zugezogen. Fluchend durchwühlte Blerim das Handschuhfach. Er hatte keine Lust, Däumchen zu drehen, während sein Kumpel eine schnelle Nummer schob. In einer Lutschtablettendose fand er Gras und Zigarettenpapier, doch noch bevor er den Joint fertig gebaut hatte, kam Blaise zurück. Offensichtlich war es dringend gewesen.

Die Frau aus dem Wohnwagen folgte ihm. Dass sie jetzt einfach so mit ihnen mitkommen sollte, entsprach nicht Blerims Vorstellung von Prostitution.

Erst, als sie die Autotür öffnete, erkannte er sie wieder: Zsófia Bihari, die Ungarin, die ihm ein Handy abgekauft hatte.

*

Blerim sah den Zuhälter, der in einem alten BMW an ihrer Stoßstange hing, weil er den Kopf nicht mehr in Fahrtrichtung gedreht hatte, seit Zsófia Bihari auf dem Rücksitz saß. Als Erstes hatte er ihr den Joint angeboten, dann gefragt, ob es ihr gut gehe, ob sie Hunger habe, wobei er gleichzeitig dachte, dass das eine idiotische Frage war, die im Normalfall seine Mutter gestellt hätte, daraufhin hatte er vermutet, dass ihr Job da draußen bei den Sexboxen wohl hart wäre, aber vermutlich sicherer als früher auf dem offenen Straßenstrich. Schließlich hatte er ihr gesagt, dass er sich freue, sie wiederzusehen, und dass er ihre Schmetterlingstätowierung mochte. Als sie nicht verstand, hatte er sich selbst auf den Hals gedeutet, worauf Zsófia zum ersten Mal gelächelt hatte. Sie hatte die Daumen ihrer Hände ineinander verschränkt, die Finger rhythmisch auf und ab bewegt und so einen davonflatternden Schmetterling angedeutet. Erst als er sie so fröhlich vor sich gesehen hatte, war Blerim bewusst geworden, dass sie praktisch nackt auf dem Autositz saß. Instinktiv wandte er seinen Blick von ihr ab und entdeckte den Verfolger, dessen kahler Schädel sich deutlich von dem dunklen Wageninneren abhob.

Zsófia schrie panisch auf, als sie sich umdrehte. Blaise wollte wissen, was los sei.

»Gehört es zu Gökhans Plan, dass der Menschenhändler ebenfalls die Firma wechselt?«

»Quatsch keinen Scheiß!«

»Dann solltest du Gas geben!«

Blaise blickte in den Rückspiegel. »Ein Opa in einer Rostlaube?«

»Das ist ihr Macker. Ich habe die beiden vor meinem Geschäft gesehen.«

»Máté!«, kreischte Zsófia. »Böse! Máté böse!«

»Jetzt kannst du zeigen, was du in den bescheuerten *Taxi*-Filmen gelernt hast!«, brüllte Blerim nervös.

Blaise drückte das Gaspedal durch.

Blerim schaute sich nach irgendetwas um, was sich als Waffe verwenden ließ. Dabei fiel ihm der Joint auf den Boden, den Zsófia ihm zurückgegeben hatte. Er duckte sich und schlug den Kopf am Handschuhfach an, als Blaise um eine Kurve raste. Als er sich wieder aufrichtete, sah Blerim, dass Blaise in Richtung Ausgehmeile unterwegs war. »Bist du voll weich? Da vorn wimmelt es nur so von Fußgängern, Trams und Bullen!«

Nachdem er eine rote Ampel missachtet hatte, verlangsamte Blaise vor einer Rechtskurve, gab danach wieder Gas, nur um kurz darauf abrupt zu bremsen und auf ein Areal mit mehreren modernen Bürogebäuden abzubiegen. Nachts war dort nicht viel los. Sie fuhren viel zu schnell durch die Zwanzigerzone, um einen großen Platz herum, auf dem die dunklen Silhouetten von Leuten erkennbar waren, rollten auf der anderen Seite an Hotels vorbei und landeten schließlich in einer nahezu undurchdringlichen Menschenmasse. In einer ehemaligen Industriehalle befanden sich Theatersäle, ein Jazzschuppen und ein Edelrestaurant, in der weiteren Umgebung Klubs und Bars. Vor ihnen strömte das Partyvolk von einem Ort zum anderen. So schnell es ging, pflügte sich Blaise hupend und gestikulierend bis ans Ende der Straße durch.

»Jetzt fickt uns Máté in den Arsch«, murmelte Blerim.

Links herrschte Fahrverbot, geradeaus befand sich die Straßenbahntrasse, hoch über ihr eine massige Betonbrücke, deren Pfeiler einer Allee gleich die Tramlinie säumten, halb rechts war eine Dreißigerzone und ganz rechts nur für Zubringer.

»Da, die Rampe!« Blerim deutete auf ein Gebäude in der Fußgängerzone, an dessen Außenwand eine Auffahrt zu einem Parkdeck hinaufführte. Im Erdgeschoss des Blocks befanden sich Restaurants, vor denen die Gäste saßen, standen und rauchten. Die Zufahrt war mit einer Schranke abgesperrt, aber gerade in diesem Augenblick fuhr ein Mini Cooper auf den Ausgang zu.

Blaise ignorierte das Fahrverbot und preschte los, fuhr an einer Autowaschanlage vorbei, kreuzte den Mini, an dessen Steuer ihm eine junge Frau entgegenstaunte, und raste die Auffahrt hinauf, bevor die Absperrung wieder zuging. Oben angelangt, fanden sie ein halb leeres Parkdeck vor. Blaise fuhr bis an das andere Ende, parkte neben einem Sportcoupé, schaltete den Motor ab und die Zündung aus.

»Ich bin vielleicht in die falsche Richtung gefahren, aber das mit der Rampe war deine Idee!«, fauchte Blaise Blerim an.

»Ich habe auch nicht gesagt, dass du anhalten sollst. Ich dachte, dass du die Brüstungsmauer durchstoßen, auf einem Lieferwagendach landen, mit Vollgas einen Satz auf die Straße machen und von da aus gemütlich auf die Autobahn fahren würdest.« Blerim öffnete das Fenster und schmiss den abgebrannten Joint hinaus, den er immer noch in der Hand hielt. »Wenn Máté uns hier oben erwischt, kann uns die Polente da unten vom Asphalt abkratzen.«

Von der Stadt her näherten sich Sirenen.

»Hören!«

Die beiden drehten sich um und schauten Zsófia an.

»Máté weg«, sagte sie ernsthaft. »Polizei nix gut.«

Blerim stieß Blaise an. »Wenn sie recht hat, müssen wir nur warten, bis die Bullerei abzieht.«

»Polizei nix gut.« Zsófia betätigte die Türklinke. »Verstecken!« Sie stieg aus. »Kommen! Polizei nix gut.« Je näher die Sirenen kamen, umso eindringlicher wurde ihre Stimme.

»Es gibt tatsächlich Leute, die den Bullen noch weniger trauen als wir«, staunte Blerim, stieg aus und ging zu Zsófia, die schlotternd hinter dem Auto wartete. In nichts anderem als in Stilettos und Unterwäsche. Er hätte ihr gerne etwas zum Anziehen gegeben. Noch lieber hätte er sie in den Arm genommen.

»Hier ist alles dicht.« Blaise gesellte sich zu ihnen und deutete auf das Gebäude zu ihrer Rechten, zu dem die Parkplätze gehörten. Ein mehrstöckiges Bürohaus. Vollkommen dunkel. »Was nun?«

*

»Es kommt jemand«, flüsterte Blaise. »Ein Auto nähert sich!«

Blerim hörte nichts als ein lautes Rauschen in seinen Ohren. Zusammengekrümmt und eingeklemmt lag er im Kofferraum des Seats. Zsófia schnaufte schnell und ängstlich vor ihm, eng an ihn gepresst, ihr Kopf auf seinen Füßen, die Fersen gegen sein Kinn gedrückt. Anders hatten sie nicht hineingepasst.

»Sie steigen aus!«

Irgendwo vibrierte ein Handy. »Máté«, flüsterte die Ungarin. Blerim spürte, wie ihr Körper zitterte.

»Schritte«, zischte Blaise. »Sie kommen näher.«

Blerim fühlte, dass etwas gegen seinen Oberschenkel gepresst wurde.

»Nehmen!«, hörte er Zsófia flüstern.

Sachte bewegte er seinen linken Arm und schob die Hand über sein Bein nach vorn, bis er ihre Finger ertastete, die ihm das vibrierende Handy entgegenstreckten. Er ergriff es und versuchte, es hinter seinem Rücken so weit wie möglich in das Wageninnere zu schieben. Der Kofferraumboden verstärkte das Geräusch massiv. Hastig schnappte Blerim das Gerät wieder und behielt es in der Hand.

Blaise drückte einen Ellbogen gegen Blerims Stirn. Über ihnen sprach jemand.

»Welche Farbe, sagt die Zeugin, hat der Wagen? Grün?«

»Ja, genau«, erwiderte jemand anders. »Aber du weißt, wie zuverlässig solche Angaben sind, Rolf. Ebenso gut könnte er blau sein oder …«

»Gelb?« Rolf klopfte auf den Kofferraumdeckel.

Zsófia zuckte zusammen, Blerim hielt den Atem an. Da spürte er, wie sie ihre Hand auf seine legte. Er konnte ihren Griff nicht erwidern, weil er das Handy halten musste. Mit dem anderen Arm konnte er sie unmöglich erreichen. So konzentrierte er sich auf die Stelle, wo ihre Haut ihn berührte, stellte sich vor, wie weich sie war, wie sie duftete, wie die schwarzen Linien der Schmetterlingstätowierung ihren Hals liebkosten.

»Oder auch gelb.«

Das Handy vibrierte wieder. Zsófia zog ihre Hand weg, Blerim versuchte, seine ruhig zu halten und das Telefon so wenig wie möglich zu berühren, um nicht aus Versehen die Lautsprechfunktion zu aktivieren.

»Überprüfen wir halt die Nummernschilder. Mehr können wir nicht tun.« Rolf stand kaum mehr als dreißig Zentimeter von Blaises Kopf entfernt. Blerim hoffte, dass Gökhan den Seat ordentlich angemeldet hatte.

»In dieser Gegend wimmelt es von zugedröhnten Schnöseln und du willst Autonummern aufschreiben?« Die andere Stimme war jetzt weiter weg. »Eine Buße wegen Missachtung eines Fahrverbots und unberechtigten Parkens wäre das höchste der Gefühle. Und dafür bräuchten wir erst noch eine Anzeige des Parkplatzeigentümers.«

»Na gut«, lenkte Rolf ein. »Fahren wir die Klubs ab. Vielleicht kriegen wir noch etwas Richtiges in die Finger.«

Noch nie hatte sich Blerim so danach gesehnt, den Motor eines Streifenwagens zu hören, wie in diesem Augenblick.

*

Am Horizont wurde es langsam hell. Zsófia hatte genauso wenig an wie zuvor. So gut es eben ging mit den gigantischen Absätzen, rannte sie die Strecke vom Taxi zum Hauseingang.

Blerim beobachtete, wie der Hotelportier sich erschrocken nach möglichen Gästen umsah, als sie an dem beleuchteten Portal vorbeihuschte. Halb nackte Frauen gehörten nicht zum Marketingkonzept des Etablissements. Auch wenn es sich neben einem Bordell befand.

Blerim drückte auf den Klingelknopf, den ihm Blaise beschrieben hatte. Keines der Schilder war beschriftet.

Kurz darauf summte der Türöffner.

Im Flur roch es muffig, an den Wänden waren Feuchtigkeitsflecken.

»Da müssen wir hin.« Blerim deutete auf die Treppe, die in das Untergeschoss führte, und ging voraus.

Sie kamen in eine Bar. Dunkelrote Wände, Plüschhocker und ein Messingregal, auf dem nur wenige Flaschen standen.

Außer der Bardame befanden sich zwei Frauen in dem Raum. Im gleichen Aufzug wie Zsófia. Sie musterten die Neue. Instinktiv suchte die Ungarin Blerims Nähe.

»Das Mädchen aus den Boxen?« Die Frau an der Bar hatte einen ostdeutschen Akzent.

Blerim nickte. »Ist sie hier sicher? Ihr Zuhälter ist im Augenblick nicht so entspannt.«

Das Handy befand sich immer noch in seiner Hosentasche. Weil es ununterbrochen vibriert hatte, war der Akku nun aber nicht mehr in dem Gerät.

»Kati wird sich um dich kümmern«, sagte die Deutsche zu Zsófia und deutete auf eine der beiden anderen. Eine Dunkelhaarige mit vielen Tattoos und Piercings. »Wir haben eine Wohnung hier im Haus. Da kannst du bleiben.«

Zsófia schaute erst Blerim an, dann ihre neue Kollegin. »Igen«, sagte sie. Daraufhin setzte sie sich neben die anderen Frauen an die Bar und sah auf einmal aus, als säße sie seit Langem da.

Sie war hart im Nehmen, fand Blerim und bewunderte sie dafür. »Na dann«, meinte er mit einem verlegenen Blick zu Zsófia, die lächelte, aber kein Bedürfnis nach einer ausgedehnten Abschiedszeremonie zu haben schien. »Ich mache jetzt mal Feierabend. Muss heute noch umziehen.«

*

»Gökhan hat einen Kunden von Paola angerufen, der bei der Feuerwehr arbeitet«, verkündete Blaise verschmitzt, nachdem sich Blerim auf den Beifahrersitz gesetzt und erkundigt hatte, wie Blaise von dem geschlossenen Parkdeck wieder heruntergekommen war. »Der Feuerwehrmann hat Gökhan verraten, wie sich die Schranke von innen öffnen lässt. Da gibt es einen Knopf auf der Rückseite des Kastens, der …«

Ein Mann klopfte an das Fenster der Fahrertür. Blaise ließ die Scheibe herunter. Es handelte sich um den Portier, der sich darüber beschwerte, dass der Seat auf dem Hotelparkplatz stand, der einzigen Parkmöglichkeit weit und breit.

Blaise startete den Motor. Eine der ersten Trams dieses Morgens ratterte um die Ecke. In der scharfen Kurve quietschten die Räder. Der Hotelportier trat nahe an das Auto heran, denn es war eng zwischen Trottoir und Straße. Er war kaum älter als Blaise. Ein Student, der sich ein Zubrot verdiente. Blaise wünschte ihm ein glückliches Leben und viele Kinder. Dann fuhr er los und wendete.

»Worum geht es bei der ganzen Scheiße eigentlich?« Blerim suchte die Schachtel mit dem Gras im Handschuhfach.

»Gökhan will den Fickstall loswerden, kriegt aber keinen guten Preis dafür«, antwortete sein Freund. Er fuhr um eine Kurve und dann in Richtung Hauptbahnhof. »Vor einigen Wochen hat jemand einen Molotowcocktail an die Fassade geworfen. Daraufhin haben sich mehrere Nutten verdünnisiert. Natürlich die hübschesten, die auch problemlos in jeder anderen Bude anfangen können. Nun braucht Gökhan neues Personal.«

»Weißt du, wer hinter dem Anschlag steckt?« Blerim benetzte das Papier und klebte den Joint zusammen.

»Der, der den Laden kaufen wird«, meinte Blaise. »Der will den Preis drücken.«

Als Blerim den Joint anzündete, füllte sich das Auto mit dickem Marihuananebel. Blerim öffnete das Fenster. »Warum gerade dieses Mädchen?«

»Osteuropäerinnen laufen gut.« Blaise bog vor dem Bahnhof rechts ab. »Außerdem sind sie billig.«

»Was hat Zsófia davon?«

»Sie wird einen offiziellen Wohnsitz haben und erhält zum Schein einen Arbeitsvertrag als Putze. Was man halt so braucht, um hierbleiben zu dürfen.« Er griff nach dem Joint. »Die Kosten muss sie abarbeiten. Gökhan läuft sie nicht so schnell davon wie diesem ungarischen Schlepper.«

»Scheißspiel.« Blerim starrte die Sihl an. Der Fluss, der unter dem Bahnhof hindurchgeleitet wurde, hatte wenig Wasser. Flussabwärts stand ein Fischreiher am Ufer.

»Was ist denn mit dir los? Wirst du sozial?« Blaise sah feixend zu seinem Freund hinüber und vergaß das Verkehrssignal. Der Hintermann hupte. »Im Leben kriegt keiner was geschenkt! Außer vielleicht die Chicks, die wir aufreißen werden.«

*

Er schob ihren Rock hoch und zog ihr das Höschen über die Schenkel zu den Knöcheln hinab. Sie drückte die Knie auseinander.

»Bist du Emanze oder was?«

»Wie bitte?«

»Die Haare!«

»Rasierst du deine Muschi wie ein Pornostar?«, lachte sie und setzte die Bierflasche an.

Die Frau, die er aufgegabelt hatte, war so alt wie die Songs, die aufgelegt wurden und die er bislang nur als Samples aus Hip-Hop-Stücken kannte. Trotzdem war sie sexy auf ihre Art. Hochgesteckte Haare, schlanke Figur, auffordernder Blick, eine Feder hinter ein Ohr tätowiert.

Normalerweise wäre er nicht in den Schuppen hineingekommen. Jungs wie er waren hier nicht erwünscht, doch Blaise kannte den Türsteher.

Sie tanzte mit einem Lächeln auf den Lippen. Sie war Sekretärin bei einem Getränkelieferanten. Sie hieß Sondra. Sie hatte einen Sohn. Sie wohnte mit einer Journalistin zusammen. Sie mochte Siebzigerjahrefunk. Sie fand Blerims Haarschnitt niedlich.

Blaise war in den Raucherraum gegangen. Der beste Ort für einen schnellen Aufriss. Blerim hatte die Tanzfläche vorgezogen. Musik war das, was ihn über Wasser hielt.

Sie hatte ihn angetanzt. »Magst du Sex?«

Er hatte versucht, gelassen zu bleiben.

»Drogen?«

Was sollte man darauf sagen?

»Frauen, die die Initiative ergreifen?«

Solange es nicht politisch war.

Sie hatte ihn geküsst. Lange und heftig. Am Arsch gepackt. Er hatte sie überall gestreichelt. Sie hatten den Raum verlassen. Im Korridor weitergemacht. Waren nach oben an die frische Luft gegangen. Zu hell, zu viele Leute. Auf der anderen Straßenseite befanden sich heruntergekommene Blocks, in denen Junkies und Ausländer wohnten.

Sie lag auf der Treppe. Sie stöhnte, bewegte sich in seinem Rhythmus, dann dagegen, nach einer Weile wieder mit ihm. Er streichelte ihren Bauch, umfasste ihre Pobacken, strich über ihre Oberschenkel, ließ seine Zunge wandern.

Dass sie gekommen war, vermutete er, weil sie nach der Flasche griff. »Kommst du mit zu mir?«

»Klar«, nickte Blerim. »Aber nicht zu lange. Heute ziehe ich um.«

Herbie bleibt auf dem Boden

Vor dem Abflug posierte seine Partnerin für eine Frauenzeitschrift. Die Journalistin war untersetzt – in einer Männerrunde hätte Herbert Merz das Wort ›fett‹ verwendet – und der Fotograf gehörte zu den abgetakelten Exemplaren dieser Berufsgattung. Im Laufe seiner Karriere als PR-Berater war ihm Merz unzählige Male begegnet. Auf Bilanzpressekonferenzen, Modeschauen, Wahlveranstaltungen, bei Pferderennen und Fußballspielen.

Elena dagegen sah aus, wie *Holly Golightly* mit fünfundvierzig ausgesehen hätte, wenn sie das Rauchen und Trinken aufgegeben, sich genug bewegt, gesund ernährt und sich doch noch einen Millionär geangelt hätte. Elena trug ein eng geschnittenes Kleidchen aus eigener Kollektion. Darin posierte sie so natürlich, wie es keines ihrer Models je schaffen würde.

Herbert versuchte, sich an das Parfum zu erinnern, das Elena an diesem Morgen aufgetragen hatte. Doch es wollte ihm nicht einfallen. Zu stark roch die Luft nach Kerosin. Sie befanden sich auf der Zuschauerterrasse B des Flughafens, die mit einem Miniaturflieger und einer Entdeckungstour für Kinder zu einer Familienattraktion ausgebaut worden war, deren Anziehungskraft sich an diesem Morgen noch nicht entfaltete.

Außer Elena und den beiden Medienleuten sah Herbert bloß noch einen jungen Mann, der etwas verloren hinter einem der fest montierten Ferngläser stand, mit deren Hilfe man überprüfen konnte, ob die Piloten die richtigen Knöpfe drückten.

Eingecheckt hatten sie schon. In einer Stunde musste Elena die Sicherheitsschleuse für Überseeflüge passieren.

Herbert schaute auf seine Uhr.

Die Journalistin stellte Fragen. »Wie fühlt man sich denn, wenn man den *Oscar* der Modebranche entgegennehmen darf? Ist das der Durchbruch? Was werden Sie mit nach Hause bringen?«

Einen Haufen Schulden, dachte Herbert. Abgerechnet wird auf meinem Bankkonto, nicht in deinem Käseblatt, Pummelchen!

Um so weit zu kommen, musste man Geld auf den Tisch legen. Wie in einem Pokerspiel. Was es bringen würde, war genauso ungewiss. Natürlich: Bekanntheit im eigenen kleinen Land. Diesbezüglich lief wirklich alles wie geschmiert. Wäre auch merkwürdig, wenn es anders wäre. Öffentlichkeitsarbeit war schließlich Herberts Beruf. Seine Berufung vielmehr. Doch das Modegeschäft war brutal, die Konkurrenz gewieft.

Herbert lächelte sein Profilächeln. »Es wäre schön, wenn Sie zu einem Ende kämen. Das Flugzeug wartet nicht.«

Ohne darauf einzugehen, drehte ihm die Journalistin ihren Rücken zu. Der rot-weiß gepunktete Blouson war viel zu eng geschnitten, auf den Oberarmen wucherten Pickel.

»Noch eine letzte Frage, Liebling. Dann müssen wir gehen«, mahnte er in Elenas Richtung.

Souverän hauchte diese einen eingeübten Textbaustein in das Mikrofon, lobte die Bluse der Journalistin und bediente den Fotografen mit einem verwegenen Lächeln.

Mein Mädchen!, dachte Merz stolz. Mit betörender Anmut brachte Elena die von ihm entwickelte Kunst der feinfühligen Manipulation zur Vollendung. »Wir haben genügend Zeit«, flüsterte er ihr ins Ohr, als sie sich bei ihm einhakte. »Ich wollte bloß die Zecke abschütteln.«

Sie küsste ihn auf den Hals. »Trinken wir einen Prosecco zusammen? Beschwipst fliegt es sich leichter.«

*

»Mein lieber Herbert! Wie geht es deiner bezaubernden Gattin? Die Medien sind ja geradezu besessen von ihr. Das geht bestimmt auf dein Konto, du Schlitzohr!«

Herbert verzichtete darauf klarzustellen, dass er nicht mit Elena verheiratet war. Kunden sollte man nicht irritieren. Traditionalisten wie Konrad Glattmann schon gar nicht.

Von dem Schreibtisch seiner Anwaltskanzlei aus durfte Glattmann sich am Opernhaus erfreuen, wenn ihm der Sinn nach neubarocker Architektur stand. Er konnte aber auch, wenn es ihn nach großen Vergleichen dürstete, den Sechseläutenplatz überblicken und sich dabei in dem Bewusstsein ergehen, dass mit den hundertzehntausend Blöcken Valser Quarzit und den damit verbauten siebzehn Millionen Schweizer Franken einer der größten innerstädtischen Plätze Europas – nach dem Markusplatz, dem Petersplatz und dem Roten Platz – geschaffen worden war, der an Quadratmetern diesseits der Alpen lediglich von der Genfer Plaine de Plainpalais übertroffen wurde. Falls ihn diese Tatsache betrüben sollte, konnte Glattmann seinen Blick auch einfach über den See schweifen lassen.

»Elena befindet sich gerade auf dem Flug nach New York.« Herbert setzte sich auf das angebotene Sofa aus dunklem Leder. »Ihr wird der *Innovators Award* verliehen, ein Riesenkracher in der Modebranche.«

»Das freut mich außerordentlich.« Konrad Glattmann streckte seinen Kopf zur Tür hinaus in das Vorzimmer und bestellte Kaffee und Wasser. »Ich hoffe nicht, dass unser Geschäft der Grund dafür ist, dass du sie allein gehen lässt.

Das wäre wahrhaft unverzeihlich.« Er setzte sich in einen Sessel gegenüber von Merz.

»Ach, jemand muss ja auf dem Boden bleiben.« Herbert strich über das weiche Sofaleder und ließ seine Hand auf der Rücklehne ruhen.

»Dein Pragmatismus ist bewundernswert. Und alles andere als selbstverständlich in dieser von Eitelkeiten getriebenen Zeit.« Glattmann legte das rechte Bein über das linke Knie und strich die Falten aus seiner Hose. Seine Finger waren lang und zart, die Nägel perfekt manikürt. »Wie läuft unser Projekt? Ich hoffe, dass die Nachrichten nun endlich besser werden, auch wenn man das von der Regierung dieser Stadt kaum erwarten kann.«

Konrad Glattmanns niedergeschlagenes Lachen ließ Herbert darauf schließen, dass dieser Nebensatz keine rhetorische Floskel war, sondern bitterer Ernst. »Nun ja«, begann er seine Berichterstattung. »Die bewilligenden Ämter dürften wir auf unsere Seite bringen. Baurechtlich kann man uns wenig vorwerfen. Unsicher ist dagegen die Unterstützung durch die Stadtregierung. Zwar geht es um sehr viel Prestige, wovon Politiker nie genug bekommen. Doch ein Projekt dieser Größenordnung ist immer mit Risiken verbunden.« Er wartete, bis die Miene seines Gegenübers noch düsterer geworden war. »Das größte Wagnis im Leben eines Politikers ist ein Wahlkampf«, fuhr er befriedigt fort, als Konrad Glattmanns Mundwinkel nicht mehr tiefer sinken konnten. »Darum wird uns der Stadtrat fallen lassen, wenn sich Widerstand formiert, der das Resultat der nächsten Wahlen zu beeinflussen droht.«

»Excusez-moi!« Die Vorzimmerdame trat mit einem Tablett in den Raum. Ihr Erscheinungsbild passte perfekt zu Glattmann: groß gewachsen, schlank, in Würde gealtert. Sie tischte zwei Espressi auf, stellte Gläser und eine Karaffe

Wasser auf den Tisch, zuletzt eine Schale *Luxemburgerli* und verabschiedete sich dann mit einem beinahe schon gewagten Hüftschwung.

Geistesabwesend griff Glattmann in den silbernen Behälter. Als er sich ein Konfekt auf der Zunge zergehen ließ, wurde sein Gesichtsausdruck gnädiger. »Risiken minimieren! Widerstand vermeiden!«, schnaubte er kurz darauf und kehrte zu seinem sauertöpfischen Mienenspiel zurück, das er bei der Erwähnung von Politikern im Allgemeinen und des Zürcher Stadtrates im Besonderen aufzusetzen pflegte. »Die Bevölkerung einbeziehen, was für ein Quatsch! Der einzige Effekt solcher Träumereien ist eine rapide sinkende Rendite. Ich glaube nicht, dass ich damit auf der Investorenveranstaltung heute Abend Applaus ernten werde.« Zum Trost naschte er ein weiteres Stück von dem Zuckergebäck. »Was ist nur aus uns geworden, Herbert? Zählen Visionen so wenig heutzutage?«

Merz rührte Rahm in seinen Kaffee. »Bei Neubauten dieser Größenordnung interessiert die Bevölkerung das Verkehrsaufkommen, die Parkplatzfrage und der Schattenwurf, nicht die Ästhetik. Zu allem Überfluss heißt der zuständige Stadtrat Roman Kessler.«

Entsetzt wanderte Konrad Glattmanns Blick von der *Luxemburgerli*-Schale zu Herbert Merz. Schlimmer noch als sture Bürokraten war ein populistischer Wirrkopf, der gleichzeitig als durchtriebener Jurist und seit Kurzem als Vorstand des Hochbaudepartements der Stadt fungierte. Ein bedauerlicher Betriebsunfall, mit dessen Konsequenzen man bis zu den nächsten Wahlen leben musste.

»Kessler hat in den letzten zehn Jahren jedes größere Bauprojekt attackiert«, rekapitulierte Herbert und verlängerte damit Konrad Glattmanns Leiden. »Zwar kamen seine Beschwerden selten durch, aber er hat damit die ganze Planung massiv verzögert. Ausgerechnet dieser Querulant ist nun Bauvorstand!« Er setzte den Espresso an und trank ihn in einem Zug aus. »Doch das ist alles kein Grund zur Panik.« Während er die Tasse absetzte, beobachtete er die Wirkung seiner Worte. »Visionäres entsteht gerade dann, wenn restriktive Rahmenbedingungen als Herausforderung betrachtet werden und nicht als Hindernis. Ein Bau, an dem man nicht schon von Weitem das Baurecht ablesen kann, darum geht es in diesem Projekt!« Das war sein Lieblingsspiel: einen Auftrag so schwierig darzustellen wie möglich, um das Honorar in die Höhe zu treiben, ohne dass dabei der Eindruck von Überforderung entstand, was das Mandat generell gefährdet hätte. »Wir werden die Politiker überzeugen und mit ihnen die Stimmbürger! Vor meinem inneren Auge sehe ich die Kampagne bereits vor mir. Wir arbeiten mit Emotionen! Mit urbanem Lebensgefühl! Mit dem Stolz, die Zukunft zu gestalten! Und natürlich mit Visionen«, fügte er an, als ihm Glattmanns skeptische Miene auffiel. »Natürlich wird das kein Spaziergang. Das Baugesuch wird viele Hürden nehmen müssen: Parkplatzverordnung, Lärm und Brandschutz, Behindertengängigkeit, Energieeffizienz. Doch am Ende werden deine Investoren Türme bauen, deren Schatten bis nach Basel reichen, Konrad!«

Das erste Mal, seit er sich nach Elenas Wohlergehen erkundigt hatte, lächelte Konrad Glattmann. »Ein Computerprogramm«, sagte er leise. »Ein Computerprogramm, das die Stadt verwaltet! Das wäre es. Damit würden wir die ganzen Bürokraten und Sozialmechaniker endlich los. Ich habe noch nie verstanden, warum es so viel Personal braucht, um geltendes Recht anzuwenden. Gesuche prüfen, Steuern berechnen, den Verkehr regeln, das könnte eine Software auch!«

Amüsiert schaute sich Herbert Merz im Büro des Anwalts um. Nirgends sah er etwas, was annähernd wie ein Computer aussah. Konrad Glattmann arbeitete mit Notizblock, Diktiergerät, Telefon und ergebener Sekretärin.

»Nun denn«, meinte Glattmann. »Sei so lieb und schreibe mir ein Memorandum. Eine Präsentation wäre ebenfalls hilfreich. Françoise muss alles bis um vier Uhr auf dem Schreibtisch haben.« Mit einem letzten Griff zu den *Luxemburgerli* erhob er sich. »Und bitte, Herbert: Die Präsentation muss erstklassig sein! Formal wie inhaltlich.« Er wandte sich dem Ausgang zu. »Ach, wegen des Antrags dieses Türken … wie hieß er doch gleich?«

»Gökhan Atalay, meinst du?« Herbert stand auf und folgte Glattmann zur Tür. »Er ist Schweizer.«

Glattmanns Gesicht versteifte sich. »Der passt nicht in den Kreis unserer Investoren. Da verkehren respektable Persönlichkeiten, die im Wirtschaftsleben dieser Stadt eine Rolle spielen. Dein Mann mag tüchtig sein, hat sich hochgearbeitet, aber kulturell funktioniert das nicht. Aufsteiger gibt es viele, umso sorgfältiger muss man darauf achten, mit welchen Leuten man sich umgibt«, seufzte er und bat Françoise, Herbert zum Ausgang zu begleiten.

*

Gökhan Atalay winkte ihn zu einem Zaun, auf dessen anderer Seite Fußball gespielt wurde. Einer von Gökhans Söhnen trippelte die gegnerische Verteidigung schwindlig.

Herbert Merz lief über den Rasen auf das Spielfeld zu, wo sein echauffierter Geschäftsfreund auf ihn wartete.

Herbert hatte gerade über dem Text für Konrad Glattmann gebrütet, als Gökhan Atalay angerufen hatte. Die ersten paar Anrufe hatte Herbert weggedrückt. Nachdem Glattmanns Unterlagen auf dem Weg zu Françoise waren, hatte er in einer Bar einen Latte macchiato getrunken und ein Sandwich verdrückt, dann Atalay zurückgerufen und Konrad Glattmanns Absage übermittelt.

»Für einen Proletensport sind wir gut genug.« Die Unterarme auf die Bande des Spielfelds gestützt, schaute Gökhan seinem Sohn zu. Seine Jacke hatte er ausgezogen und über die Absperrung gelegt. Auf dem Rasen rannten sich die Junioren die Seele aus dem Leib.

»Deine Chancen waren minimal. Von Anfang an. Das habe ich immer gesagt.«

Gökhan feuerte seinen Jungen an.

»Toll gemacht«, klatschte Merz, obwohl er sich nicht ganz sicher war, ob er tatsächlich den richtigen Spieler meinte. »Glattmann und seine Investoren sind hochnäsig und altmodisch. Das ist ein elitärer Zirkel. Also nimm es nicht persönlich.«

»Ich bin Schweizer, ich habe bei null angefangen und mir ein Vermögen erarbeitet, ich habe für das Verbot von Minaretten gestimmt und für die Abschiebung krimineller Ausländer. Trotzdem bin ich in deinem feinen Investorenkreis nicht willkommen.« Gökhan richtete sich auf und fasste Herbert am Revers. »Das soll ich nicht persönlich nehmen? Wie soll ich es dann verstehen?« Gökhan Atalay war so laut geworden, dass zwei Rentner, die neben ihnen standen, ein paar Meter weiter wegrutschten. »Geht nur«, spottete Gökhan, »gleich packe ich das Krummschwert aus!«

»Nun ja«, druckste Herbert herum, »es geht schon auch um die Branche, in der du tätig bist.«

»Sind Immobilien unschweizerisch?« Gökhan ließ Merz los und grinste schon wieder.

So groß konnte sein Ärger nicht sein, stellte Herbert erleichtert fest. »Ich meine deine anderen Geschäfte. Jene unter der Gürtellinie.« Herbert Merz blickte sich um. Außer den beiden Pensionären standen auf ihrer Seite des Feldes nur noch drei Jugendliche mit Skateboards herum. Er zog sein Jackett aus. Zum ersten Mal in diesem Jahr entwickelte die Sonne Strahlkraft.

»Wozu habe ich einen Kommunikationsberater, wenn nicht zum Schönreden?« Gökhans Aufmerksamkeit galt seinem Sohn, der gerade einen Gegenspieler umsäbelte. »Möchtest du wissen, wie viele von deinen sauberen Herren die Dienstleistungen meiner Branche nutzen?«

Herbert versuchte, unbemerkt auf seine Uhr zu schielen. Um vier hatte er einen Termin mit dem M-&-A-Leiter einer Privatbank. Den durfte er auf keinen Fall verpassen. »Na ja, weil ich von vornherein wusste, dass dein Portfolio einer eingehenderen Prüfung nicht standhalten würde, habe ich nicht insistiert.«

»Du hast dich nicht hundertprozentig angestrengt?« Auf dem Rasen rannte Atalay junior allein auf das gegnerische Tor zu. »Halbe Leistung, halbe Gegenleistung. Das versteht sich von selbst.«

»Ach, komm, diese Absage darfst du nicht überbewerten! Ich kann dich auch ohne diesen Altherrenverein hervorragend vernetzen.«

»Mist!«, schrie Gökhan. »Daneben!« Auf Türkisch rief er seinem Sohn Mut zu. »Meinen Teil der Abmachung habe ich eingehalten, Herbielein. Willst du immer noch den Stadtrat durch den Dreck ziehen, der deiner Kundschaft das Leben schwer macht?« Er trat einen Schritt auf Herbert zu, strich mit beiden Händen über dessen Schultern und rückte ihm die Krawatte zurecht. »Ich habe das Messer, das du ihm in den Rücken stoßen kannst.«

»Tatsächlich?« Herbert konnte seine plötzliche Aufregung nicht verbergen.

Atalay wandte sich ab und mit voller Konzentration dem Spielfeld zu.

»Nun sag schon!«

»Gestern Abend hat in einer Villa am See ein flotter Dreier stattgefunden. Paola, eines meiner Mädels, hat zwei Stammfreier bedient«, sagte Gökhan so leise, dass Herbert sich zu ihm hinüberbeugen musste, um ihn zu verstehen. »Einer davon ist dein Stadtrat.«

»Roman Kessler hat an einer Orgie teilgenommen?«, rief Merz begeistert.

»Siehst du?«, schmunzelte Gökhan. »Wenn du wirklich willst, kannst du die Dinge ins richtige Licht rücken. Warum tust du das nicht auch für mich?« Er tätschelte Herberts Wange. »Der Gastgeber sammelt Fotoapparate. Ausschließlich analoge Geräte. Vor einem solchen haben Paola und Kessler posiert. Mein Mädchen ist übrigens eine Transe. Eine, die unten nicht umgebaut ist. Noch nicht, weshalb man auf dem Bild zwei Pimmel erkennen kann, obwohl diese Kamera aus den Sechzigern beinahe zu schwach gewesen wäre, um das Stadtratszipfelchen in Szene zu setzen.« Gökhan Atalay griff nach seinem Jackett und zog es an. Es saß perfekt und wies nicht die geringste Reserve für zusätzliche Pfunde auf. »Paola hat den Film mitgehen lassen. Es war gar nicht so einfach, jemanden zu finden, der ihn entwickeln konnte.«

»Du hast ein Aktfoto von Roman Kessler? Zusammen mit einem Transvestiten?« In der Wirkung kam diese Tatsache Konrad Glattmanns Computerprogramm zur Steuerung der Verwaltung sehr nahe. Das zu erwartende Baubewilligungsverfahren erschien Herbert Merz auf einmal so berechenbar wie der Ausgang des Sechseläutens.

»Sie ist eine Frau, Herbie«, präzisierte Gökhan. »Muss dir ein Kameltreiber erklären, was Transsexualität ist?«

»Und?«, überhörte Herbert die Anspielung. »Kann ich das Foto haben?«

»Halbe Leistung, halbe Gegenleistung.« Gökhan holte einen Autoschlüssel hervor, winkte seinem Sohn zum Abschied und machte sich auf den Weg in Richtung Parkplatz.

*

Eine Landkneipe in den Weinbergen. In der Ferne schimmerten die Alpen. Durch das Laub der Weinstöcke konnte man den See glitzern sehen. Vögel zwitscherten, Schmetterlinge flatterten, Kinder lachten, Fliegen schwirrten herum und in der Gartenwirtschaft saß Konrad Glattmann vor einem Gläschen Likör.

»Setz dich, Herbert.« Höflichkeitshalber erhob er sich kurz. »Schön, dass du gekommen bist. Möchtest du ein Glas *Maienfelder*?«

Herbert Merz setzte sich Glattmann gegenüber, legte seine Mappe auf die Oberschenkel und suchte nach der Präsentation, die er auf Glattmanns Geheiß zweimal überarbeitet, eigenhändig ausgedruckt, kopiert und geheftet hatte und nun kurz vor Versammlungsbeginn persönlich vorbeibrachte. Er schob die Unterlagen über den Tisch. Danach stellte er die Aktentasche zwischen seine Beine auf den Boden. »Ist das jetzt in Ordnung so?«

Die Bedienung trug eine traditionelle Bauerntracht. Der Akzent jedoch verortete ihre eigene Herkunft deutlich weiter im Osten. Herbert bestellte eine Cola.

Glattmann las den überarbeiteten Text durch. Zeile für Zeile, Wort für Wort, Komma für Komma, Leerzeichen für Leerzeichen. Er überprüfte die Präsentation, verglich die Formulierungen mit denjenigen in dem Dokument, das er als Memorandum bezeichnete und das für Herbert ein gewöhnliches Faktenblatt war, beurteilte die Hervorhebungen, die Seitenränder und die Abstände, ordnete alles zu einem

Stapel auf dem Tisch, bedachte Herbert mit einem flüchtigen Lächeln und trank sein Glas aus. »Perfektion steht am Anfang eines erfolgreichen Geschäfts, nicht an seinem Ende, Herbert. Wenn man jahrelang in der Chefetage einer Bank gearbeitet hat, verinnerlicht man diesen Grundsatz.«

Im Aufstehen schaute er nicht Herbert Merz an, sondern Françoise, die auf einmal am Tisch stand, ohne dass Herbert sie gesehen, gehört oder gerochen hätte. Sie nahm das Papierbündel an sich und verschwand damit im Innern des Restaurants.

»Die Versammlung findet im Saal statt«, erklärte Glattmann. Es war ihm anzusehen, dass er schnellstmöglich dorthin zu verschwinden gedachte.

»Ich habe so etwas wie eine Fernbedienung für Roman Kessler. Genau genommen hat es Gökhan Atalay.«

»Nach allem, was ich über Herrn Atalay herausgefunden habe, glaube ich nicht, dass unsere Investoren etwas mit diesem ›Etwas‹ zu tun haben wollen.« Konrad Glattmann stand in seiner ganzen hageren Länge vor Herbert. »Allianzen diskret zu schmieden, lautet dein Auftrag, Herbert. Ohne Aufsehen und ohne falsche Freunde. Dafür erhältst du ein mehr als achtbares Honorar. Ausschließlich dafür. Und grüß mir bitte deine angetraute Elena, wenn du das nächste Mal nach Übersee telefonierst!«

Auf dem Weg in die Stadt stoppte Herbert Merz an einer Tankstelle und kaufte zwei Zwanzig-Milliliter-Fläschchen *Johnny Walker*, wobei er sich des mitleidigen Blickes der Verkäuferin durchaus bewusst war.

Nachdem er sich wieder hinters Steuer gesetzt hatte, kippte er den Whiskey hinunter. Dabei schloss er die Augen und stellte sich Konrad Glattmann vor, wie er, auf allen vieren kniend, mit heruntergelassenen Hosen und dem Memorandum zwischen den Zähnen von der in Latex geschnürten und die Reitpeitsche schwingenden Françoise gezüchtigt wurde.

*

In der Bar lief *Still A Fool* von Muddy Waters. Erstaunlich, dass so rohe Musik in einer Kunstgalerie mitten in der Bankencity gespielt wurde.

Junge Leute fläzten sich mit keckem Blick auf den Sofas und Stühlen im Innern der Bar. Am begehrtesten waren die Plätze draußen am Kanal. Der Abend war hell und warm. Gerade richtig für die Fortsetzung des Geschäftsgebarens mit erotischer Spannung und alkoholischen Getränken.

»Du verabscheust diesen Kessler.« David Läderach hatte sofort eingewilligt, Herbert zu treffen. Die beiden verband eine lange Reihe gegenseitiger Gefälligkeiten und eine wilde Zeit als Reporter in derselben Boulevardredaktion. Mittlerweile war Läderach Chefredakteur.

»Kessler stammt aus gutem Hause, musste sich nie wirklich anstrengen, leistete sich radikale Extravaganzen, ist mit zunehmendem Alter kaum vernünftiger geworden, baute seine politische Karriere auf Konfrontation auf und ist nun Regierungsmitglied in der größten Schweizer Stadt. Ist das nicht Grund genug, jemanden nicht zu mögen?«

»Es gibt viele Leute, die sich nicht aus der Gosse hochgearbeitet haben wie du«, meinte Läderach schulterzuckend. »Die kannst du nicht alle hassen.« Er trank seine Flasche leer. »Mich interessiert einzig und allein die Schlagzeile. Wie lange kann ich deine Geschichte ausweiden und erweist sich das Ganze nicht als Bumerang?«

Die Kellnerin stellte zwei weitere Flaschen Bier auf die Theke. Ihr Blick erinnerte Herbert an jenen der Verkäuferin an der Tankstelle am See. Er bezahlte die Runde. Dann gingen die beiden Männer nach draußen und suchten sich eine Ecke, wo niemand mithören konnte.

»Wirst du die Sache bringen?« Herbert reichte seinem Freund eine Flasche. Sie stießen an.

»Eher nicht. Was Kessler ohne Unterhosen macht, ist seine Sache, solange er keine Gesetze oder allgemeingültigen Moralvorstellungen verletzt.«

»Das Foto macht ihn erpressbar«, argumentierte Herbert, der keine andere Antwort erwartet hatte. »Das kann der Öffentlichkeit nicht egal sein. Immerhin hat Kessler ein politisches Mandat.«

Kanuten paddelten durch das Wasser in Richtung See. Offenbar Anfänger. Der hinterste kam einem am Ufer angetauten Boot zu nahe, versuchte auszuweichen und drehte sich dann im Kreis, ohne dass er sein Kanu wieder in eine gerade Linie zu bringen vermochte. Amüsiert schauten die Leute zu, wie er sich abmühte, Cocktails, Bierflaschen und Sektgläser in den Händen. Endlich kam eine geübte Kollegin zu Hilfe und zeigte dem Mann, wie er sich aus der misslichen Lage hinausmanövrieren konnte.

»Umso alarmierender, dass das Foto im Besitz einer Milieufigur ist«, fuhr Herbert fort. »Wenn du die Hintergründe in ihrer ganzen Tragweite aufzeigst, kannst du deine Titelseite eine Woche lang füllen.«

Läderachs Körperspannung veränderte sich. Ein Zeichen dafür, dass Herbert auf dem richtigen Weg war.

»Eine solche Geschichte ist Chefsache, das ist völlig klar. Wenn du der Erste bist, der sie bringt, bist du derjenige, der in den Diskussionsrunden über politische Ethik teilnimmt, mit denen eine solche Affäre aufgearbeitet wird.«

David Läderach ließ Herbert nicht aus den Augen, als er die Flasche ansetzte. Eine Weile sagte er nichts. »Jetzt dämmert mir langsam, was du im Schilde führst«, brach er schließlich das Schweigen. »Du willst beide abschießen. Den Stadtrat und den Bordellbesitzer. Ich dachte, du seist mit Atalay befreundet?«

»Ich mag ihn. Seine Herkunft, seinen Willen. Wir haben viel gemeinsam.« Herbert versuchte, seiner Stimme eine melancholische Färbung zu geben. »Ich habe mich hinreißen lassen, mich für ihn zu verbürgen. Das wird zum Problem.«

Läderach nahm Herbert die leere Flasche aus der Hand und machte sich auf den Weg zur Bar. »Drei Bedingungen«, sagte er, nachdem er mit frischem Bier zurückgekommen war. »Ich brauche das Foto. Möglichst die Originaldatei. Auf keinen Fall einen Abzug auf Papier.« Diesmal trank er, ohne zuvor anzustoßen. »Ich benötige alle verfügbaren Informationen über deinen zukünftigen Exgeschäftsfreund.« Er wartete, bis ein Paar an ihnen vorbeigeschlendert und außer Hörweite war. »Und ich will eine schriftliche Bestätigung, dass du meine Quelle bist, denn ich möchte nicht erleben, dass du mich fallen lässt.«

»Das ist fair«, antwortete Herbert knapp. »Aber es gibt keine Datei, nur Negative. Das Foto wurde analog geknipst.« Durch die Glasfront betrachtete er den Rücken des DJs, der in der Kneipe Schallplatten auflegte. Singles genau genommen. »Ich brauche deine Unterstützung mehr als du meine, David. Darum glaube ich nicht, dass ich in der Lage sein werde, dich zu hintergehen.«

Gedankenversunken nickte Läderach. Etwas weiter entfernt quatschte eine Frau mit aufgemotzten Jünglingen. Zuerst waren ihm ihre roten Pumps aufgefallen, nun nahm er den Rest zur Kenntnis, riss seinen Blick aber los, als sie ihn anschaute. »Es ist an der Zeit, etwas Richtiges zu trinken, Herbie!«

*

»Was ist das?« Gökhan saß auf dem Beifahrersitz von Herberts Jaguar. Sein eigenes Auto stand in der übernächsten Parkbucht.

Vor ihnen lag eine Badeanstalt, die um diese Zeit geschlossen war. Dafür, dass sie sich in der Stadt befanden, war es ungewöhnlich dunkel.

Herbert schaltete die Innenbeleuchtung ein. »Die Bestätigung, dass du designierter Nachfolger meiner Partnerin im Verwaltungsrat der *IQ Asset AG* bist. Die beiden Unterschriften stammen von mir und David Läderach. Er ist Verwaltungsratspräsident, ich bin die Nummer zwei. Unser Unternehmen hält Beteiligungen an diversen namhaften Firmen aus der Medienbranche und aus der Kreativwirtschaft. Garantiert kein Sexgewerbe.« Herbert machte die Musik etwas leiser. Gökhan schien kein Ohr für leichten Jazz zu haben.

Sorgfältig las Gökhan Atalay das Schreiben durch. Dann faltete er es zusammen und steckte es in seine Sportjacke. Da er bereits zu Hause gewesen war, als Herbert angerufen hatte, trug er Freizeitkleidung.

Er stieg aus, schloss die Tür hinter sich und ging zu seinem eigenen Wagen. Als er zurückkam, schritt er zur Fahrerseite.

Herbert ließ die Scheibe herunter.

Gökhan übergab ihm einen Umschlag.

»Keine Kopien?«

»Keine Kopien«, bestätigte Gökhan. »Und noch was: Mein Name wird nie erwähnt!«

»Du kannst dich auf mich verlassen.« Herbert überprüfte den Inhalt des Kuverts. Danach startete er den Motor und setzte zurück.

*

Unzählige Fackeln leuchteten am Straßenrand. Herbert Merz konnte sich nicht vorstellen, dass die Stadtverwaltung so etwas bewilligte, doch seine Exfrau würde sich sowieso keinen Deut darum scheren. Ihre Feste waren berüchtigt, die Klatschpresse riss sich darum, eingeladen zu werden.

»Gökhan hat den Köder gefressen.« Das Handy am Ohr, bog Herbert in die Zufahrt ein. »Sobald die Geschichte erschienen ist, machen wir die Sache rückgängig. Elena wird gar nicht realisieren, dass sie vorübergehend nicht mehr Teil der Firma war.« Eine langbeinige Hostess wies ihm einen Parkplatz zu. Viele waren nicht mehr frei zu so später Stunde. »Alles klar!« Er schaltete das Telefon aus und realisierte, dass er zitterte. Die Sache mit Gökhan Atalay setzte ihm zu. Er atmete tief durch, streckte die Hände von sich, und als sie nicht mehr zuckten, stieg er aus.

Die Dame, die ihn eingewiesen hatte, stöckelte auf ihn zu. Die Last und die Anspannung fielen von ihm ab und Herbert fühlte, wie er leicht wurde und in eine andere Welt hineinschwebte, in der es keine Sorgen gab und kein schlechtes Gewissen, nur Entspannung, leichte Konversation und gepflegte Leere. Es war beinahe so etwas wie eine Heimkehr, zurück in den Schoß des Schönen und Unverbindlichen, Küsschen hier, Küsschen dort, er roch Parfum, eines nach dem anderen, und er wurde von einem Heer von Schönheiten die Stufen hinauf zum Eingang und von dort an zwei gipsernen Satyrstatuen vorbei durch eine von Säulen gesäumte Halle an die Bar gelächelt.

»Das waren noch Zeiten, als es bei den Banken ähnlich zu- und herging wie hier!«

Ein Schreiberling schob sich neben Herbert an den Tresen. Einer, bei dem man auf der Hut sein musste.

Irgendetwas Zustimmendes brummend, stürzte Herbert seinen Gin Tonic herunter und bestellte einen neuen. Dann entschuldigte er sich und schlenderte durch die Halle, die den ganzen unteren Teil des Gebäudes ausmachte. Am Büfett war nicht mehr viel los. Die Leute standen in Gruppen herum oder fläzten sich auf den Sofas, die an der Wand entlang aufgestellt waren.

Das Pummelchen war auch da, das mit dämlichen Fragen Elenas Intelligenz und damit auch seine eigene beleidigt hatte und von seiner bezaubernden und entgegen allen Behauptungen des steifärschigen Konrad Glattmann nicht mit Merz verheirateten Partnerin auf das Professionellste abgefertigt worden war.

Alkohol machte sogar aus dem Pummelchen etwas halbwegs Begehrenswertes. Eine Weile schaute Herbert zu, wie es seine Körpermasse im Rhythmus hin- und herschaukelte. Es schien fast, als wäre das Pummelchen entschlossen, ihn zu ignorieren, obschon er ihm an diesem Morgen gestattet hatte, seiner Elena die dümmsten Fragen zu stellen, die einem Pummelchen jemals in den Sinn gekommen waren. Er wollte es gerade darauf hinweisen, als ihm ein schlanker Engel ein volles Tablett entgegenstreckte. Dankend ergriff er ein neues Glas, gab das alte ab, und als er sich umwandte, war das Pummelchen davongerollt.

Er trottete auf die Terrasse hinaus, von wo aus er den Garten überblickte, der sich ihm präsentierte wie ein barockes Gemälde. Es wurde getanzt, gelacht, geschäkert, geküsst, gebadet, getrunken. Im Pavillon spielte eine Kapelle Salsa, an der Bar daneben wurden Cocktails gemischt und über allem glitzerte und funkelte es aus Scheinwerfern, Lichterketten und Discokugeln.

»Du siehst abgekämpft aus.« Seine Ex hatte sich gut gehalten über all die Jahre. Es war zwar operativ nachgeholfen worden, aber nicht so, dass es peinlich wurde. »So riechst du auch. Geht es dir gut?«

Er antwortete so unverbindlich wie möglich und achtete dabei auf seine Aussprache.

»Du bist betrunken«, unterbrach sie ihn. »Pass bloß auf! Hier wimmelt es von Journalisten und Klatschweibern. Warte einen Augenblick.« Sie verschwand im Haus.

Herbert schaute zu, wie die Gäste an ihm vorbeigingen und ihm zunickten. Er grüßte zurück und winkte aufs Geratewohl den Frauen zu, wenn ein Röckchen kurz genug war.

»Hier, trink das!« Seine Ex streckte ihm ein riesiges Glas hin, in dem es sprudelte. »Ich habe die Kinder getroffen. Es geht ihnen gut. Lukas hat Aussichten, Chefarzt zu werden. Dominique hat ihre Trennung überwunden und arbeitet wieder in der Galerie.«

Herbert trank.

»Du solltest deinen Enkeln ein Großvater sein, solange sie einen brauchen.«

»Ich fürchte, dass es zu spät ist, um damit anzufangen.« Er gab ihr das leere Glas zurück.

»Apollonia, es ist so wunderbar hier!« Ein junges Ding fiel seiner Ex um den Hals.

»Gern geschehen! Amüsiert du dich gut?«

Die Blonde quietschte enthusiastisch. Sie trug einen Mini aus Jeansstoff und ein rosa Top, unter dem sich das Leopardenmuster ihres Büstenhalters abzeichnete. Sehr, sehr achtzigerjahremäßig und gerade deshalb sehr, sehr sexy, fand Herbert.

»Jessica, das ist mein Exmann.«

Küsschen links, Küsschen rechts. Herbie freute sich, Jessica kennenzulernen, was Jessica ihrerseits wahnsinnig toll fand, vor allem, weil sie total auf Elena de Winters Kreationen stand und er doch der Partner dieser wundervollen Designerin war. Überhaupt traf man auf dieser Party unglaublich viele interessante Menschen, Künstler, Filmemacher, Modeleute, Journalisten, Firmenbosse – und dann war Jessica auch schon wieder auf dem Weg, jemand anderen kennenzulernen. Und Herbert wollte sich umsehen und vor allen Dingen wollte er vermeiden, dass seine Exfrau nochmals auf das Großvaterthema zu sprechen kam. Mit einer abermaligen Warnung vor sensationslüsternen Medien ließ sie ihn ziehen.

Im zweiten Stock saß Herberts Generation. Grund genug, in den dritten hinaufzusteigen. Zunächst genoss er die Sicht über die Stadt, die Lichter, die dunkle Fläche des Sees. Dann sah er sich um. Im Flur oberhalb der Treppe standen Sofas. Darin wurde geknutscht, auf einem gepennt. Ansonsten waren verdächtig wenige Leute hier. Doch Herbert wusste, wo die Küche war. Er holte eine Flasche Schampus aus dem Kühlschrank und ging damit auf Wanderschaft.

»Herbie!«

Das Dope gab es in der Gästesuite. Da saßen, lagen, standen und snifften sie. Jessica winkte. Herbie zwängte sich zu ihr hindurch. Es war brutal heiß.

»Willst du eine?« Sie deutete auf einen kleinen Spiegel, auf dem sie zwei Linien vorbereitet hatte. Daneben lagen eine offene Tasche mit ihren Schminkutensilien und ein Lippenstift, in dessen Deckel sie ein Minigrip versteckt hatte. »Ich kann es immer noch nicht fassen, dass ich den Mann hinter Elena de Winter kennenlerne. Und dann noch mit ihm kokse«, kicherte Jessica.

Mit dem Röhrchen, das sie ihm gegeben hatte, zog sich Herbert eine Linie hoch. Schlagartig lag die Welt vor ihm: Elena, die sich in New York vergnügte und die er ganz groß herausbringen würde; Konrad Glattmann, der Kleingeist, dessen Auftrag er im Grunde genommen ablehnen sollte, denn auf so etwas war er nicht angewiesen; Gökhan, dieser Möchtegernmafioso, der sich das ganze Desaster selbst zu-

zuschreiben hatte – was wollte er auch unbedingt in die bessere Gesellschaft aufgenommen werden, das war so was von retro; und dann war da noch die kleine Jessica, das scharfe Ding, das es auf ihn abgesehen hatte, weil niemand berufener war als er, ihr die Achtzigerjahreklamotten vom Leib zu reißen.

»Der Dealer steht dort drüben. Der mit der Kappe.« Sie zeigte auf einen Typen mit Zipfelmütze, der auf dem Bett hockte und den Stoff vertrieb.

Herbert kämpfte sich zu ihm hin, kaufte Ware für fünfhundert Franken und boxte sich zurück. Ihm lief der Schweiß von der Stirn. »Fühl mal!« Er hielt Jessica die Schampusflasche an den Hals.

Sie quiekte und kicherte albern. Dann nahm sie ihm die Flasche aus der Hand und strich sich mit ihr lasziv über Dekolleté, Bauch und Schenkel.

»Komm, ich zeig dir etwas.« Herbert nahm die Flasche wieder an sich und die Frau ins Schlepptau. Von der Küche gelangte man zunächst in einen Raum, der wegen der Dachschräge aussah wie eine Vorratskammer. Wenn man von dort weiter um die Ecke lief, kam man schließlich auf einen Balkon, von dem man die ganze Stadt überblickte.

»Wow, wie schön!«

Herbert öffnete den Champagner und bot ihn Jessica an. Sie schüttelte den Kopf. Also schob er ihr das Pulver hinüber. Es war höchste Zeit, etwas zu fühlen! Es konnte einfach nicht sein, dass er kalt geworden war, so kalt, dass er Freunde verriet, ohne mit der Wimper zu zucken! Er hielt sich das Röhrchen an die Nase, die Flasche an den Mund, wieder das Röhrchen, die Flasche, das Röhrchen, doch das Gefühl kam nicht zurück, es kam einfach nicht zurück! Dafür hatte er einen Steifen, und was für einen, einen Steifen hatte er schon lange.

»Jessica, beweg dich!«

Sie standen auf und tanzten und sie wackelte mit der Hüfte und verdrehte die Augen, er betastete sie, wahnsinnig, wie heiß sie war und wie kalt er blieb, ohne Gefühl, mit Riesenständer.

»Jessica, runter mit dem Fummel, hoch mit dem Rock!«

»Hör auf!«

»Jetzt stell dich nicht so an! Zeig dein Leopardenfell!«

»Das ist nicht lustig!«

»Aber Lust ist es! Hier, fühl mal! Ich packe ihn aus! Nimm ihn in die Hand!«

»Bitte hör jetzt auf, Herbie!«

»Dreh dich um! Los! Runter mit dem Slip! Da! Schau die Stadt an! Diese geile Saustadt, diese verfluchte!«

»Bitte nicht! Nein, bitte, Herbie! Bitte nicht!«

»Wirst du jetzt prüde? Los, rein mit ihm! He! Was soll das? Aua! Blödes Biest! Wo willst du hin? Bleib da! Bleib, bleib, bleib, verdammt! Dann geh halt! Geh! Hau ab! Verzieh dich! Ich, ich bleibe! Ich bleibe! Ich bleibe! Ich bleibe, bleibe, bleibe. Ich bleibe auf dem Boden!«

Meinrad räumt auf

Meinrad Matter wartete vor dem Eingang.

»Hallo Papa!« Jessica stürmte auf ihn zu. »Alles Gute zum Geburtstag!« Wie sehr sie ihrer Mutter glich, überwältigte ihn jedes Mal von Neuem. »Du siehst gut aus. Der Schnauz steht dir.«

»Danke! Das ist das Alter.« Mit Daumen und Zeigefinger strich Matter über sein neues Markenzeichen. Zehn Jahre, nachdem er sich den Vollbart abrasiert hatte, trug er wieder Haar im Gesicht. Zur Kompensation dessen, was auf dem Kopf schütter wurde. »Ist das nicht ein bisschen kurz?« Er deutete auf Jessicas Minirock.

»Also Papa, schau dich mal um!«

Dass die Frauen halb nackt herumliefen, sobald das Thermometer eine zweistellige Zahl anzeigte, war ihm auch schon aufgefallen.

»Es war viel los im Geschäft. Alles muss raus, bevor die Herbstkollektion geliefert wird.« Jessica hakte sich ein und zog ihren Vater durch das Tor in den Innenhof des Restaurants. »Wieso bist du nicht einfach schon mal reingegangen? Ein Bier hätte das Warten verkürzt.«

»Da passe ich nicht hin.« Matter blickte an sich herab, dann seine Tochter an. »Mit dir ist das natürlich etwas anderes«, fügte er eilig an. »Allerdings könnten die anderen Gäste meinen, ich sei so ein Wüstling wie der da vorn.«

Sie passierten die ersten Tische. An einem saß ein grau melierter Herr, der teuer, aber viel zu jugendlich angezogen war, was Jessica ihrem Vater umgehend ins Ohr flüsterte. Neben ihm warf sich mit wallender Mähne eine Tussi in

Szene, die gut und gerne zwanzig Jahre jünger war. Der Typ erinnerte Matter an den Pudel seiner verstorbenen Frau, der ähnlich ausgesehen hatte, wenn ihm ein Hundekeks hingehalten wurde.

Das Restaurant war aus Schiffscontainern zusammengesetzt, die so ineinander verschachtelt waren, dass es verschiedene Ebenen gab, auf denen man im Freien sitzen konnte. Die Konstruktion gefiel Matter. Sie strahlte etwas Provisorisches aus. Wahrscheinlich war dieser Ort genau deshalb so gefragt, weil er jederzeit abgebaut werden konnte und man nie wusste, wie lange es ihn noch gab. Auf jeden Fall war er gerammelt voll.

»Jessy!« Eine Serviererin küsste Löcher in die Luft neben Jessicas Wangen. »Ich habe den dort hinten für dich freigehalten.« Sie zeigte auf ein Tischchen, das weitab vom Schuss im Schatten stand.

Jessica rümpfte die Nase. »Die blöde Kuh kann ihren Rabatt vergessen, wenn sie das nächste Mal bei uns einkauft«, schimpfte sie leise, als sie sich hingesetzt hatten.

Um seine Tochter aufzuheitern, beeilte sich Meinrad Matter, sein Mitbringsel auszupacken. Aus einer rot-schwarz karierten Umhängetasche kramte er ein Einmachglas hervor. »Erdbeermarmelade, selbst gemacht«, verkündete er stolz.

»Papa, ist das süß!« Jessica ließ das Glas in ihrer Handtasche verschwinden, ohne einen näheren Blick darauf geworfen zu haben. Daraufhin drückte sie einen Knopf auf ihrem Handy. Eine Elektropianoversion von *Happy Birthday* erklang und Jessica überreichte ihr Geburtstagsgeschenk.

Meinrad Matter öffnete vorsichtig die Verpackung. Zuerst verstand er nicht, was er in den Händen hielt, dann wurde er krebsrot.

»Das sind Boxershorts von Elena de Winter«, verkündete seine Tochter.

Die Kellnerin brachte die Getränke, Meinrad versteckte die Unterhose unter dem Verpackungspapier. »Ein großes Bier?«

Matter griff nach dem Glas.

»Für Jessy ein Hugo!«

»Trägst du immer noch Liebestöter?«, fragte Jessica, als die Bedienung gegangen war.

Meinrad stellte das Glas ab und wischte sich den Schaum vom Mund. »Also, ich möchte schon wissen, warum du dich ausgerechnet um meine Unterwäsche sorgst. Abgesehen von mir sieht die doch keiner.«

»Das könnte sich allmählich ja mal wieder ändern.« Jessica legte ihre Hand auf die seine. »Mama ist vor elf Jahren gestorben, nicht gestern.«

»Fängst du jetzt damit an?« Meinrad benutzte seine freie Hand, um das Bierglas zum Mund zu führen. »Mein Leben ist so, wie es ist.«

»Willst du immer nur Fernsehserien gucken und Krimis lesen?«

»Ich backe mein eigenes Brot und koche meine eigene Marmelade.«

»Stell dir vor, du würdest das für einen anderen Menschen tun!«

»Tu ich doch: für dich.«

»Das ist nicht dasselbe, Papa.« Jessica gab es auf. Sie zog einen Schminkspiegel aus ihrer Tasche und überprüfte ihr Make-up. »Heute Abend gehe ich auf eine Promi-Party. Vielleicht siehst du mich sogar in *Tele Züri*. Das wirst du nämlich nicht glauben: Apollonia Hegetschwiler hat mich eingeladen!«

Den Namen hatte Meinrad Matter noch nie gehört. Er klang genauso lächerlich wie die Marke seiner neuen Unterwäsche.

»Das ist eine bekannte Millionärin und nebenbei auch noch Künstlerin. Die macht total abgedrehte Aktionen. Lässt von ihren Partygästen Fahnen zerreißen, also die schweizerische und die deutsche zum Beispiel, und näht die Stücke dann neu zusammen, aber über Kreuz, verstehst du?« Jessica zog ihre Lippen nach.

»Sodass es gar keine Nationalflaggen mehr sind, sondern Stofffetzen? Ist das nicht verboten?«

»Papa, das ist Kunst!«

»Wäre es nicht vielmehr Kunst, alles wieder richtig zusammenzusetzen?«

»Mit dir kann man echt nicht diskutieren, Papa!« Jessica bedachte ihren Vater mit einem Blick, den sie ihm als Kind schon immer zugeworfen hatte, wenn sie ihn für etwas hatte bestrafen wollen.

Meinrad Matter hatte sofort ein schlechtes Gewissen.

»Apollonias Partys sind berühmt«, fuhr sie aufgeregt fort. »Wer gesehen werden will, wird dort sein. Und weil Apollonia Stammkundin ist, darf immer auch eine von uns Verkäuferinnen hingehen. Wer, glaubst du, ist dieses Jahr an der Reihe, wer?«

»Die Dame, deren Rock kürzer ist als meine Boxershorts?«

Jessica knallte den Lippenstift auf den Tisch. »Was hast du denn jetzt schon wieder an meinem Röckchen auszusetzen?«

»Nichts«, brummte Matter. »Ich wollte bloß herumnörgeln. So wie du.«

»Ach Papa.« Jessica schraubte ihren Lippenstift zusammen. »Übrigens wäre heute gar nicht ich, sondern Bettina an der Reihe. Das ist die beste Freundin der Zicke, die uns in diese Ecke hier abgeschoben hat«, flüsterte sie, nachdem sie sich versichert hatte, dass die Kellnerin nicht am Nebentisch stand. »Doch Bettinas Typ ist so furchtbar eifersüchtig, dass sie nicht zu Apollonias Party gehen darf. Und wenn Bettina nicht hingeht«, triumphierte sie, »gehe ich.« Sie warf erneut einen prüfenden Blick in die Umgebung. »Allerdings habe ich etwas nachgeholfen. Neulich nach der Arbeit habe ich Bettinas Freund gesagt, dass Apollonias Exmann, der jetzt übrigens mit deinen Shorts, also mit Elena de Winter, der Designerin, zusammen ist, total auf Bettina steht.« Jessica schmunzelte verschmitzt. »Das war nicht wirklich gelogen, denn Bettina hat mir selbst gesagt, dass Herbert Merz, also Herr de Winter, sie beim Frühlingsapéro in unserem Geschäft so schleimig angeglotzt hat.«

»Dass du so hinterlistig sein kannst«, rang Matter sich zu einer moderaten Kritik durch. »Von Mama hast du das bestimmt nicht.«

»Ach, was kann ich dafür, dass Bettina ihrem Macker gehorcht wie ein Hündchen?«

»Weißt du, wen ich kürzlich gesehen habe?«, wechselte Matter das Thema. »Asya Cahenzli!«

»Aha.« Zerstreut räumte Jessica ihre Schminkutensilien zusammen. »Wo hast du sie gesehen?«

»Asya? Am Bahnhof Altstetten. Wir haben nicht lange geredet, doch sie war nett, hat sich erkundigt, wie es mir geht.« Einen melancholischen Blick lang hielt er inne. »Aber wild sieht sie aus«, fuhr er fort. »Farbige Haare und die Ohren voller Ringe.«

»Wenn Asya sich erkundigt, wie es dir geht, findest du das nett, aber wenn ich mir Sorgen mache, ist das Nörgelei!« Trotzig verschränkte Jessica die Arme.

Ihr Vater trank das Bier aus. »Sie fragt nicht jedes Mal, wenn ich sie sehe.«

»Warte nur, bis du sie das nächste Mal siehst. Sie ist jetzt nämlich sozial! Hängt mit Punks herum und spielt in einer Band. Wir haben uns nichts mehr zu sagen.«

»Das ist wirklich schade, denn als Kinder wart ihr beiden unzertrennlich. Solchen Freundschaften sollte man Sorge tragen.«

»Manchmal lebt man sich eben auseinander.« Jessica sah wehmütiger aus, als sie klang. »Stell dir vor, Asya würde mich in ihrem Aufzug im Geschäft besuchen. Das kostet mich glatt die Stelle!«

Matter blickte auf die Uhr. »Wollen wir bezahlen? Ich muss nämlich vor sechs noch kurz in einem Haus vorbeischauen, in dem der Boiler nicht aufheizt.« Ohne eine Antwort seiner Tochter abzuwarten, winkte Meinrad der Kellnerin.

Jessica nahm ihre Handtasche von der Stuhllehne und versorgte das Schminktäschchen und das Handy. »Verwaltest du immer noch ein Bordell?«, fragte sie schmunzelnd.

»Nur die Liegenschaft.« Meinrads Hände lagen auf seiner Geldbörse. »Das Haus muss unterhalten werden, egal, was darin getrieben wird. Wobei einem die Frauen wirklich leidtun können, die dort arbeiten. Es ist feucht und es schimmelt. Der Eigentümer presst so viel Geld heraus wie nur möglich, bis die Hütte ausgelaugt ist.«

»Du und ein Puff, das bringt man gar nicht zusammen.« Ungeduldig sah sich Jessica nach der Bedienung um. »Die ignoriert uns. Gib ihr ja kein Trinkgeld!«

Matter verklemmte sich eine Bemerkung zur Länge der Röcke von Frauen, die nicht in einem Bordell arbeiteten, und schwieg, bis die Rechnung auf den Tisch gelegt wurde. »Ich möchte eigentlich nur die beiden Getränke bezahlen, keinen ganzen Container davon kaufen«, rutschte es ihm heraus, als er die Zahl auf dem Zettel sah.

Die Kellnerin bedachte Jessica mit einem despektierlichen Augenaufschlag und wühlte in ihrem Portemonnaie herum. Unter Jessicas triumphierendem Blick ließ Meinrad Matter sie grabschen, bis sein Wechselgeld auf den Rappen genau auf dem Tisch lag.

*

Auf dem Bildschirm keiften gerade zwei *Tatort*-Kommissare miteinander, als der Anruf kam.

Zuvor hatte sich Meinrad Matter ein Schnitzel zubereitet. Erst das Fleisch geklopft, dann paniert und schließlich knusprig gebraten. Außerdem Kartoffeln geschält, zurechtgeschnitten und frittiert. Als Vorspeise hatte er sich an einem Salicorne-Salat versucht. Ein Gemüse, das er noch nicht lange kannte, denn das Meer, aus dem das Gewächs stammte, befand sich nicht unmittelbar um die Ecke. Also hatte er sich schlaugemacht und war zu dem Schluss gekommen, dass er es mit Knoblauch, Zitronensaft und Baumnussöl versuchen wollte. Solche Experimente waren gut für das Gemüt.

Das Bordell weniger. Damit hatte er nur Probleme. Erst Brandstiftung und nun das. Er hatte es geflissentlich vermieden, seiner Tochter zu erzählen, wie sehr er in den Betrieb involviert war. Es gab einen Besitzer, der abkassierte, und ihn, Meinrad Matter, der gerufen wurde, wenn etwas schieflief.

»Nein, keine Polizei. Ich komme vorbei.« Matter schaltete erst das Handy aus, danach den Fernseher. Nachdem er sich versichert hatte, dass er die richtigen Schlüssel dabeihatte, eilte er aus dem Haus und zu seinem Auto.

Seit Gökhan Atalay Geschäftsmann werden wollte, ging es abwärts. Auf einmal führte er sich auf wie ein Manager, warf mit Fremdwörtern um sich und wollte zu allem und jedem eine Tabelle haben, egal, ob es um die Heizölkosten, den Gleitmittelverbrauch oder den Barumsatz ging. Dabei war und blieb Atalay nichts anderes als ein Zuhälter. Maßanzüge hin oder her.

*

Die Frau war krankenhausreif geprügelt worden. Ihre Augen waren zugeschwollen und die Lippen aufgerissen, überall hatte sie Riss- und Schürfwunden und rote Flecken, die langsam blau wurden. Immerhin atmete sie noch und schien bei Bewusstsein zu sein. Auch wenn sie auf keine seiner Fragen reagierte, hielt sie doch die Hand ihrer Kollegin umklammert.

Kati war mit einem blauen Auge davongekommen. »Plötzlich da!«, schluchzte sie, die neben dem Sofa auf dem Boden hockte, auf das die Verletzte gelegt worden war. »Wie rasend Tier.«

Der Eindringling musste eine Axt verwendet haben, denn die Tür war zerborsten. Außerdem hatte er sowohl Tisch und Stühle als auch die Waschmaschine umgekippt.

»Zsófia von Nyíregyháza«, sagte Kati und schluckte die Tränen hinunter. »Wie ich.«

»Kennst du denn den Schläger?«

»Strizzi!«, rief sie heiser.

»Wer den Zuhälter ins Haus bringt, fliegt«, fluchte Meinrad Matter. »Hat sie das denn nicht gewusst?«

»Zsófia hat ihren Luden bestimmt nicht angeschleppt. Sie ist vor ihm geflohen«, mischte sich Sibylle ein, die vor Ort nach dem Rechten schaute. »Einer von Atalays Männern hat sie vorbeigebracht. Er hat Probleme mit dem Zuhälter erwähnt.«

Da hatten sie den Salat! Atalay brachte die Gosse ins Haus. Das Pack, das in den Sexboxen anschaffte, kam aus den Ghettos des Ostens und kannte weder Toiletten noch

Anstand. Von Hausmeistern, die in der Nähe des früheren Straßenstrichs tätig gewesen waren, wusste er, wie es dort zu- und hergegangen war. Diese Schweinerei hatte er nun in seinem Haus! Meinrad Matter kratzte sich am Kopf.

»Soll ich nicht doch die Ambulanz herbeirufen?«

»Nein, ich bringe sie selbst ins Krankenhaus«, grummelte Matter, »ist ja um die Ecke.«

*

Zsófia Biharis Finger mussten gewaltsam von Katis Hand gelöst werden. Meinrad Matter wickelte die Verletzte in eine Decke und brachte sie ins Auto. Sie war nicht schwer und wimmerte – immerhin ein Lebenszeichen.

Der Volvo stand mit eingeschaltetem Warnblinker vor dem Eingang des Bordells. Anders ging das nicht. Mit einer halb toten Nutte in den Armen konnte man nicht durch die Stadt spazieren. Vorsichtig legte er die Frau auf den Rücksitz.

Sibylle überreichte ihm eine Plastiktüte. »Das sind Zsófias Dokumente.«

Matter sah einen ungarischen Pass, eine Meldebestätigung des Migrationsamtes und eine europäische Krankenversicherungskarte. »Ist das alles?« Er stieg ein und legte den Beutel ins Handschuhfach.

»Was sie anhatte, gehört dem Haus.«

Meinrad Matter fuhr die Straße entlang den Hügel hinauf und an den Gebäuden der Eidgenössischen Technischen Hochschule entlang zur nächsten Kreuzung. Zsófia Bihari winselte bei jeder Erschütterung.

Vor der Abzweigung zur Notaufnahme zögerte Matter. Was sollte er sagen? Der Arzt würde wissen wollen, wer die Frau so zugerichtet hatte. Er würde die Polizei einschalten.

Daraufhin würde es eine Untersuchung geben, Befragungen, einen Zeugenaufruf, eine Medienmitteilung.

Matters Fuß blieb auf dem Gaspedal, der Wagen rollte weiter.

Einen Augenblick lang starrte Meinrad Matter auf den Asphalt, dann wendete er und fuhr den Weg zurück, den er gekommen war, an dem Puff vorbei, und gelangte nach fünfzehn Minuten zwischen moderner Architektur hindurch stadtauswärts, bis er schließlich vor der Einfahrt zu den Sexboxen anhielt.

Er öffnete die hintere Wagentür, wartete, bis ein Auto, das eine der Boxen verlassen hatte, weit genug entfernt war, schaute sich um, und als er niemanden sah, hob er Zsófia so vorsichtig wie möglich vom Rücksitz. Dennoch schrie sie vor Schmerzen, weshalb er ihren Kopf gegen seine Brust drückte, um ihre Stimme etwas zu dämpfen. Vor dem Holzzaun, der das Rotlichtareal umsäumte, legte er sie auf den Boden.

Ihr Flennen in den Ohren, rannte er zum Auto zurück, stieg ein und machte, dass er wegkam.

*

»Hübsche Unterhose! Ich hoffe, die zeigst du nicht nur mir.« Matters Hausarzt kam in das Sprechzimmer zurück.

Meinrad Matter saß auf der Liege und ließ seine Füße baumeln.

»Du kannst dich anziehen«, meinte der Arzt. An der Wand hingen eine Glasscheibe mit seinem Familienwappen und daneben das Arztdiplom. Auf dem Schreibtisch lag Matters Patientenakte. »Wie geht es deiner Tochter?«

»Gut«, ächzte Meinrad. »Sie wird ruhiger mit der Zeit, wie wir alle.«

»Anna Tina, meine Ältere, lässt immer noch keine Party aus. Tatjana hingegen ist ganz anders. Macht Karriere bei ihrer Bank. Das Zielstrebige muss sie von mir haben.«

Gähnend zog Meinrad die Jeans hoch. Er hatte wenig geschlafen. Das Bordell aufzuräumen und zu putzen, war viel Arbeit gewesen. Immerhin deutete nun nichts mehr auf die Schweinerei hin, die der Zuhälter angerichtet hatte. Sogar die Eingangstür war bereits ersetzt worden.

»Chapeau, mein Lieber, du bist kerngesund! In deinem Alter ist das nicht selbstverständlich.«

Meinrad setzte sich auf den Stuhl neben dem Pult. Er hatte keine Ahnung, wie viele Male er hier bereits gesessen hatte. Dreißig Jahre lang mindestens einmal pro Jahr. Manchmal öfter. Nach dem Tod seiner Frau sehr viel öfter. Damals hatte er Rohypnol und Seresta geschluckt wie dieser Tage Vitamintabletten. Nun ging sein Familienarzt in Rente und das Haus wurde umgebaut für eine Gemeinschaftspraxis.

»Sogar die Leberwerte sind im grünen Bereich. Deine Disziplin müsste ich haben!«

»Das muss an der Farbe des Papiers liegen«, deutete Meinrad auf das grüne Formular in den Fingern des Arztes. Darauf hatte die Arzthelferin die Untersuchungswerte in eine Tabelle eingetragen. Er war sich sicher, dass die neuen Ärzte nicht mit solchen Papierbogen arbeiten, sondern Computerausdrucke verwenden würden. »Apropos Leber!« Meinrad Matter holte ein Marmeladenglas aus seiner Tasche. »Das kann man mit Wodka und Zitronensorbet servieren. Aber auch mit Butter und Brot.« Er stellte das Behältnis neben seine Patientenakte.

»Meine Frau wird sich freuen.« Der Arzt klappte das Dossier zu und begleitete Matter zum Ausgang. »Alles Gute wünsche ich dir!«

Tatjana entrückt

Drei Stunden. Länger schlief sie nie. Trotz radikaler Verdunkelung des Schlafzimmers. Trotz chemischer Helfer aus der Arztpraxis ihres Vaters. Trotz selbst gemachtem Orgasmus. Trotz schwerer Müdigkeit.

Der morgendliche Brechreiz und die Leuchtziffern des Weckers signalisierten, dass sie aufstehen musste. Die ersten Schritte fühlten sich an wie ein Endspurt. Zuerst Pipi, währenddessen ihr die Augen zufielen, dann leeres Würgen über dem Klo, anschließend duschen. Lange, verdammt lange. Wohlig die Dampfschwaden im Badezimmer, während die Prozedur des Reinigens, Eincremens und Schminkens eine Untote in eine dynamisch wirkende Analystin verwandelte.

An diesem Tag musste sie präsentieren. Die Angst davor schnürte ihr den Magen zu. Mehr als einen leichten Kräutertee bekam sie nicht herunter.

Das Wichtigste war die Rocklänge, was ihr die Wahl ließ zwischen klassischem Dunkelblau mit Weiß und einem olivgrünen Anzug mit sandfarbener Bluse.

Die Fahrt ins Büro dauerte fünfzehn Minuten. Eine Stunde später würde sie dem Abgabetermin im Stau entgegenzittern. So aber fuhr sie bei Sonnenaufgang mit offenem Verdeck und wehendem Haar über einen Hügel und durch einen Wald, wo sie für einen Läufer bremsen musste, der fern jedes Fußgängerstreifens über die Straße rannte. Auf der anderen Seite passierte sie gehobene Wohnquartiere, die gerade erst erwachten.

Sobald sie den Computer hochgefahren hatte, erschienen mit der Präsentation auf dem Bildschirm die Selbstzweifel, die sie umschlichen, umkreisten, umschnürten, sodass sie sich nach kürzester Zeit gar nicht mehr rühren konnte. Als ihr Büropartner zwei Stunden später eintraf, hatte sie Tränen in den Augen.

Ihre Erfolgsquote war miserabel, diesen Auftrag musste sie einfach klarmachen! Umso mehr, als es sich bei dem Kunden um den Popstar der Investorenszene handelte. Er brauchte Unterstützung bei der Entwicklung einer Expansionsstrategie. Seine Beteiligungen umfassten Dotcomfirmen und den Eventbereich. Nun wollte er sich langfristig ausrichten. Dabei würde sie ihm helfen.

»Tatjana?« Aad hatte das Familienfoto auf seinem Tisch geküsst. Wie jeden Morgen. Danach würde er vollen Einsatz zeigen. Volle Konzentration. Volle Leistung. Vor wichtigen Herausforderungen legte er das Bild umgekehrt auf das Pult. »Tatjana? Geht es dir gut? Hast du den Pitch im Griff?«

Sie konnte Aad nicht in die Augen schauen. Nicht jetzt. Langsam, ganz langsam löste sie sich von ihrem Bildschirm. Stand auf. Schaute an ihrem Kollegen vorbei in die Ferne, über die beiden Arbeitsplätze hinweg, durch Plexiglaswände und Betonmauern hindurch ins Nirgendwo.

Sie deutete auf ihre Uhr, hatte aber keine Ahnung, was sie ihn damit glauben machen wollte, und ging in Richtung Toilette. Sie schloss die Kabinentür ab, presste beide Hände vor den Mund und explodierte in einem tonlosen Heulkrampf.

*

Kurz vor neun Uhr marschierten der Chef und ein Beamter des Sicherheitsdienstes auf.

Tatjana Blumer versuchte, nicht nach Luft zu schnappen. Sie starrte auf den Bildschirm. Die Präsentation war so gut wie fertig. Sie hatte den richtigen Dreh gefunden. Ein positives Grundgefühl. Darauf ließ sich bauen. Damit ließ sich ein Kunde überzeugen.

»Aad, bitte pack deine Sachen zusammen! Alles Weitere besprechen wir in meinem Büro. – Nein, den Arbeitsplatz lässt du so, wie er ist. Tatjana wird aufräumen. Wo ist deine Jacke? – Ah, gut. Hast du den Badge dabei? Den übergibst du dem Sicherheitsdienst. Also, bitte, komm jetzt! – Nein, keine Diskussion! In deinem eigenen Interesse, Aad, können wir jetzt? – Bitte schön, du kennst den Weg.«

Tatjana räumte Aads Sachen zusammen. Das Foto zuerst. Seine Frau und sein Sohn waren gerade erst von Maastricht nach Zürich gezogen. Jetzt konnte er öfter mit ihnen zusammen sein, dachte Tatjana und schämte sich sogleich für diesen Gedanken.

*

Um halb elf Uhr überprüfte sie das Formale, die Abstände, die Rechtschreibung. Für Flüchtigkeitsfehler gab es keine Gnade. Es wurde gemunkelt, dass ein Analyst noch während des Referates entlassen worden war, weil er zu viele Tippfehler an die Leinwand projiziert hatte.

Um fünf vor elf schickte Tatjana Blumer die alles entscheidende E-Mail ab. Daraufhin aß sie ein Müsli und drehte eine Runde um den Block. Um vier war die Präsentation, um drei fand die letzte Vorbesprechung statt, um zwei würde sie Entspannungsübungen machen und um eins freundlich nachfragen, ob die Mail ordnungsgemäß angekommen war. Um zwölf schluckte sie eine Beruhigungspille.

Fünf Minuten später stand der Chef vor ihr. »Die Präsentation ist auf morgen verschoben. Neun Uhr vormittags. Ich weiß, morgen ist Samstag. Doch wir wollen unbedingt, dass dieser vitale Fisch in unserem Aquarium schwimmt, oder etwa nicht?«

Mehr als ein Nicken brachte sie nicht zustande.

»Um vier ist Hauptprobe. Ich habe einen Sparringpartner organisiert. Wir üben, bis es sitzt. Für heute Abend kannst du alle Termine absagen.« Er drehte eine Runde um Aads Tisch. Nichts, keine Visitenkarte, kein Kuli und kein abgerissener Hemdknopf wiesen auf Tatjanas vormaligen Pultnachbarn hin. Alles, was noch an ihn erinnerte, steckte in einer Plastiktüte, die neben ihrer Tasche am Boden lag. »Ich möchte, dass du fit bist. Heute und morgen. Mental vor allem. Darum fährst du deinen Computer herunter und machst Pause! Geh spazieren, laufen, ins Dampfbad. Um fünf vor vier stehst du auf der Matte!«

»Darf ich fragen, seit wann du weißt, dass die Präsentation erst morgen stattfindet?«

Er baute sich vor ihr auf. »In meiner Funktion muss ich den menschlichen Faktor mit einberechnen, Tatjana. Sogar ganz besonders den menschlichen Faktor. Und ich weiß, dass du brillieren wirst, wenn du das tust, was ich dir sage: Geh dich entspannen!«

Wie denn? schrie es in ihr. Schlafen geht nicht, Pillen schlucken, saufen, laufen, masturbieren, lesen – funktioniert alles nicht!

Er hatte sich von ihrem Arbeitsplatz entfernt, kam jedoch nochmals zurück. »Morgen ziehst du etwas Klassischeres an. Unser Kunde mag ein Paradiesvogel sein, doch von uns erwartet er erstens Zahlen und zweitens, dass wir langweilig sind.«

*

»Möchtest du wissen, warum ich Aad gefeuert habe?«

Im Innern des Fahrstuhls war das Licht gedämpft. Tatjana starrte die Stockwerkanzeige an. Rasierwasserduft stieg ihr in die Nase. Nein, eigentlich wollte sie nichts von Aads Entlassung hören. »Ja, gerne«, hörte sie sich stattdessen sagen, »das kann mir helfen, meinen Job besser zu machen.«

»Weil er weniger hübsche Beine hat als du.«

Tatjana hielt den Atem an.

»Spaß beiseite: Ist dir nicht aufgefallen, dass er sich vorgedrängt hat, dass er dich in den Schatten stellen wollte? Ohne ihn kannst du dich entfalten, kannst zeigen, was du draufhast.« Er kam näher.

Ihr wurde übel.

»Außerdem hat Aad im letzten halben Jahr acht Kilo zugenommen. Wenn nicht zehn. Als Nächstes wäre er mit einer Alkoholfahne erschienen. Du hingegen siehst so blendend aus wie am ersten Tag.« Er lehnte sich zurück. »Mehr Biss dürftest du allerdings schon zeigen!« Der Lift verlangsamte das Tempo. »Frauen sind zäher als Männer. Darum fördere ich Damen. Das steigert die Leistung des Teams ganz erheblich!«

*

»Haben Sie einen Hang dazu, Menschen zu verarschen, Frau Blumer?«

»Nein, wie kommen Sie darauf?«

»Dann sind Sie Hellseherin!«

»Nein, aber ich analysiere die Fakten, entwerfe Prognosen und Szenarien und schlage Strategien vor. In dem vorliegenden Fall empfehle ich den Verkauf der Onlineplattform, weil ich zu dem Schluss gekommen bin, dass für Dotcomfirmen in den nächsten drei Monaten viel Geld bezahlt wird. Mit dem Verkaufserlös würde ich das Gastro- und Eventportfolio mit internationalen Engagements ergänzen. Mittelfristig ist die Entwicklung der europäischen Wirtschaft sehr unsicher.«

»Sehen Sie? Nun verarschen Sie mich. Das gefällt mir, denn damit verdient man Geld.«

»Wie meinen Sie das? Diese Strategie habe ich nach bestem Wissen und Gewissen entworfen!«

»Wissen ist gut, Frau Blumer, Wissen ist sehr gut, Gewissen … na ja …«

Der Mann war Kommunikationsberater. Nicht unsympathisch. Um die sechzig. Gut in Schuss. Federnder Gang, wacher Blick, hohe Aufmerksamkeit. Offensichtlich eng bekannt mit ihrem Chef, denn die beiden wirkten sehr vertraut. Tatjana wollte lernen. Darum ignorierte sie den glupschäugigen Kerl im hinteren Teil des Raumes und konzentrierte sich auf Herbert Merz, der sich vor ihr an ein Pult lehnte, während sie neben dem Laptop stand, von dem aus ihre Präsentation auf die Wand projiziert wurde.

»Welche Faktoren beeinflussen die Börse? Zählen Sie auf!«

»Wechselkursschwankungen, technische Innovation, geopolitische Lage.«

»Sehr gut. Man nehme Wirtschaft, Politik sowie Technologie und fertig ist die Nebelgranate! Doch das reicht noch lange nicht: Hinzu kommen der Ölpreis, die Entwicklung des Bruttosozialprodukts, die Zinspolitik der Europäischen Zentralbank, der Nahostkonflikt, die Wahlen in Deutschland oder wo auch immer gerade gewählt wird, das Verhalten der US-Steuerbehörde, der neueste OECD-Bericht, ein Hurrikan in Mexiko, die russischen Gaspreise, die chinesische Urheberrechtspolitik. Was auch immer, Hauptsache, viel davon. Der Kunde muss den Überblick verlieren und sich Ihnen ausliefern, Frau Blumer. Ihre Bank will Geld verdienen, nicht Manager weiterbilden!«

»Äh, verzeihen Sie, aber wir beraten Firmen, nicht Privatpersonen. Wer selbst etwas von dem Geschäft versteht, lässt sich nicht so einfach über den Tisch ziehen. Man muss schon bei der Realität bleiben, um glaubwürdig zu sein.«

»Ach, Sie glauben an die Realität, Frau Blumer? Wer meint, dass die Börse aufgrund realitätsbasierter Entscheidungen funktioniert, ist so vernünftig wie die Models meiner Partnerin, die erwarten, mit Hungern und Geradeauslaufen reich zu werden.«

Tatjana wurde klar, dass ihr Merz bekannt vorkam, weil er es tatsächlich war – beziehungsweise seine Frau, die Modeschöpferin.

»Sie schaffen die Realität, Frau Blumer!« Er deutete auf ihre Statistiken. »Dazu müssen Sie viel von Wirtschaft verstehen. Zweifellos. Bleiben Sie am Ball, das ist wichtig. Aber richtig Geld verdienen Sie mit Verkaufstalent und sonst mit gar nichts!«

Blaue Augen, dunkle, nach hinten gekämmte Haare, charmantes Lächeln. Ein bisschen beeindruckt war Tatjana schon.

»Jetzt zeigen Sie mir denjenigen Punkt in Ihrer Präsentation, an dem Sie abkassieren, Frau Blumer.« Er stand auf und holte die Fernsteuerung für den Projektor.

*

Um zehn Uhr abends kam ihr in den Sinn, dass sie den Geburtstag ihrer Schwester vergessen hatte. Sie saß in einem Restaurant, hatte Kopfweh, war todmüde und steif wie ein Brett, weil ihr Chef mit seinen Heldentaten angab und entgegen der nachmittäglichen Gehirnwäsche so tat, als würde er Firmen sanieren und verkaufen oder an die Börse bringen und nicht bloß Kunden abzocken. Ohnehin war Tatjana Blumer mittlerweile der Ansicht, dass er den Probelauf mit Herbert Merz inszeniert hatte, um sie anschließend anzubaggern.

Sie saßen in einem Restaurant, das in die Bogen einer Eisenbahnbrücke hineingebaut war, und hatten einen leckeren Fisch in der Salzkruste verspeist. Tatjana hatte nur wenig gegessen und ganz selten an ihrem Weißweinglas genippt, wohingegen ihr Chef die Flasche mehr oder weniger allein leerte.

Die Tische waren voll besetzt, das Publikum bunt und laut und der Chef de Service per du mit ihrem Chef de Grande Gueule.

Das Einzige, was Tatjana interessierte, war die Frage, wie sie sich verabschieden konnte, ohne ihre Karriere zu ruinieren. Der Hinweis auf den Geburtstag ihrer Schwester war eine mögliche Erklärung, genügend Schlaf vor der morgigen Präsentation eine andere. Die tatsächlich zutreffende jedoch war eine grauenhafte, das Denken erschwerende, den Atem verschlagende und das Blut gefrierende Abscheu vor ihrem Tischnachbarn.

*

»Hier ist es! Halten Sie bitte vor der Einfahrt.« Der Fahrer schaltete den Blinker ein und bremste.

»Was soll das? So halten Sie doch an! Was fällt Ihnen ein! Wieso kann ich die Tür nicht öffnen? Entriegeln Sie sofort alle Türen oder ich rufe die Polizei! Hilfe!«

»Hallo! Madame? Hören Sie mich? Madame? Die Tür ist nicht abgeschlossen. Sie müssen den richtigen Hebel betätigen, das ist alles.« Der Taxifahrer hielt ihr die Tür auf.

Tatjana Blumer drückte ihm einen Hunderter in die Hand. »Tut mir leid, ich bin überspannt. Zu viel Arbeit, zu wenig Schlaf.«

*

Die Party fand in einer Künstlersiedlung am Rand der Autobahn statt. Rechts neben den Ateliers lag eine Flüchtlingsunterkunft, links befanden sich die berüchtigten Sexboxen.

Zu dieser Umgebung passte die düstere, pessimistische Kunst ihrer Schwester. Weil sich ihre Bilder nicht verkauften, musste sie sich mit Webdesign und Multimediainstallationen für Messen über Wasser halten.

Tatjana tanzte, Anna Tina, ihre Schwester, tanzte, Sondra, Anna Tinas beste Freundin, tanzte, alle tanzten zu einer Musik, die aus Bass und Geräuschen bestand. Sie hatte keine Ahnung, wie der Stil hieß und wie lange er bereits im Trend lag. Doch das war nicht das Einzige, was sie verpasst hatte, seit sie sich in den Kopf gesetzt hatte, Investmentbankerin zu werden.

Nach der Flasche Wein und einigen Grappas war ihr Chef so besoffen gewesen, dass er motorisch nicht mehr in der Lage gewesen wäre, sie zu bedrängen, selbst wenn er es im Sinn gehabt hätte. Zudem standen die Chancen gut, dass er sich an ihren gemeinsamen Abend nicht mehr so genau erinnern würde.

Was ihr allerdings nicht die Angst vor dem folgenden Tag nahm.

Je näher er rückte, umso heftiger wurde das Grauen. Sie sah es in ihrem Spiegelbild auf der Toilette, in den Augen ihrer Schwester, in Sondras Blick, es wummerte aus den Lautsprechern, es floss aus der Wasserflasche, es spiegelte sich in der Discokugel und es blinkte aus den farbigen Leuchten auf sie herab.

Luft! Sie brauchte Luft!

*

Die Ateliers bestanden aus zweistöckig übereinandergestapelten Containern mit einem Vorbau aus Eisenrohren. In einigen der Räume brannte Licht, doch der Hof lag komplett im Dunkeln.

Der Kiesboden knirschte unter ihren Füßen. Durch eine Passage gelangte sie auf einen Parkplatz. Die Flüchtlingssiedlung war in Umrissen zu sehen, die Sexboxen waren beleuchtet wie ein Rummelplatz. Ihr wurde mulmig, als sie daran dachte, was dort geschehen mochte. Trotz allem lief sie weiter. Immer weitergehen, der Morgen nahte!

Tatjana Blumer beeilte sich, das Trottoir zu erreichen, wo die Beleuchtung besser war. Auf der anderen Straßenseite lag die Bahnlinie, ansonsten war hier weit und breit nur Industrie. Ein Blick nach vorn, einer über die Schulter. Stadteinwärts entfernte sich ein Auto, davor bog ein Laster in die Zufahrt zum Großmarkt ein. Los jetzt! Weitergehen, immer weitergehen.

Ein Stöhnen.

Jemand hatte gestöhnt. War sie das selbst?

Sie blieb stehen. Jemand weinte. Sie hörte es deutlich.

Etwas lag am Boden. Es sah aus wie ein Mensch. Eine Frau. Eingewickelt in eine Decke.

Sie schaute sich um. Niemand zu sehen.

Was sollte sie tun? Das ging sie nichts an! Dafür war die Stadt zuständig, die diese Boxen aufgestellt hatte.

Sie ging weiter und sah, dass aus der Decke ein Kopf herausragte. Das Gesicht war schwarz und geschwollen.

Tatjana rannte weg. Zur nächsten Kreuzung und von dort quer über die Straße zu einer Straßenbahnhaltestelle.

Sie blickte zurück. Aus dieser Distanz war die Frau nicht zu sehen. Zwei Fahrzeuge fuhren von dem Areal mit den Boxen um die Ecke in Richtung Autobahn.

Wer bist du? Was tust du? Was ist aus dir geworden? Plötzlich war ihr, als stünde sie neben sich, als schwebe sie über den Tramgeleisen. Sie sah sich selbst an der Haltestelle stehen. Sie sah die Leere, sah die Einsamkeit.

Sie schämte sich.

Sie atmete tief durch und lief zurück.

»Es tut mir leid.« Tatjana Blumer kniete neben die Frau auf den Asphalt.

Ein Wagen fuhr zu den Boxen, ein anderer kam gerade von dort. Keiner der Männer würde anhalten. Rein, raus, das war die Idee.

»Ich helfe dir.« Sie strich der Frau über das Haar. Es war von verkrustetem Blut verklebt. Sachte schob sie ihr die linke Hand unter den Kopf. »Ich lass dich nicht allein.«

Das Gesicht der Frau war so aufgedunsen, dass Tatjana ihre Augen kaum sehen konnte. Im Schein der Straßenlaterne erkannte sie eine Schmetterlingstätowierung auf dem Hals. Daneben wiederum verkrustetes Blut.

»Lass mich dein Schutzengel sein.«

Sondra erledigt die Dinge auf ihre Weise

Der Bioladen forderte es geradezu heraus, dass man ihn beschiss. Sondra Francke fügte sich nicht, unverschämten Preisen schon gar nicht. Sie hatte ihren Stolz. Dazu Klein-Odin auf dem Arm, was das Klauen erleichterte.

Eine Flasche Rotwein verschwand in ihrer Umhängetasche. Ein biologisch abbaubarer Schnuller lag da schon. Dann nahm sie eine Packung Hautpflegemilch aus dem Regal.

»So toll, das hier ist das einzige Geschäft weit und breit, in dem diese Marke zum Sortiment gehört!«

Der lange Lulatsch hinter der Kasse reagierte im äußersten linken Winkel seiner bleichen Lippen, als er den Betrag eintippte, und lächelte nicht einmal Odin an, der die ganze Welt anstrahlte.

Sondra hielt ihrem Sohn einen Geldschein hin, den Odin stolz dem Verkäufer weiterreichte, doch der Griesgram kassierte ungerührt und legte das Wechselgeld auf den Tresen. Während sie noch dabei war, es einhändig in ihr Portemonnaie zurückzustecken, bediente er die nächste Kundin. Eine, die sich einen Korb Biogemüse leisten konnte.

»Tschüss!« Sondra drängte an einer Frau und ihren Kindern vorbei zum Ausgang. Die Nasen der Gören steckten in der Truhe mit der Eiscreme. Als Odin das sah, krallte er sich mit beiden Händen am Türrahmen fest und schrie ebenfalls nach Eis.

»Wenn du jetzt brav bist, kommt Papa mit hinauf in unsere Wohnung und du kriegst ein Schokoladeneis, Süßer!«

*

Odins Vater saß auf dem Steinboden im Hinterhof und starrte auf die Anzeige seines Handys. Wie hätte sie auch seine Anrufe beantworten sollen mit dem Kind in der einen und der Einkaufstasche in der anderen Hand, dachte Sondra entnervt. Wäre er kooperativer bei der Planung der Betreuungszeiten, hätte sie ihm längst einen Wohnungsschlüssel gegeben.

So schnell es mit den kurzen Beinchen ging, sprintete Odin seinem Papa entgegen, der ihn auf den Arm nahm. Die beiden küssten und umarmten sich, als hätten sie sich eine Ewigkeit nicht mehr gesehen. Dabei verbrachte Odin zwei Tage pro Woche und zwei Wochenenden im Monat bei seinem Vater.

»Hey.« Mit jedem Mal wurde seine Begrüßung kühler. »Hast du an die Windeln für die Kita gedacht?«

»Die habe ich vergessen«, stöhnte Sondra. »Mit dem Kind geht der Tag so schnell vorbei. Ich kann nicht immer an alles denken.«

»Kein Problem. Ich erledige das morgen, bevor ich ihn hinbringe.« Er setzte Odin wieder auf dem Boden ab. »Wir müssen uns beeilen. Jacqueline und Lea warten schon.«

»Nein, Papa!« Der Junge zerrte an der väterlichen Hand in Richtung Hauseingang. »Mit zu Mama! Eis essen!«

Mit dem Schlüsselbund klimpernd, ging Sondra voraus.

»Ach nein, Schatz! Dafür haben wir nun keine Zeit mehr. Wir gehen in die Pizzeria. Das magst du doch!«

Nicht, wenn man ihm das versprochene Schokoladeneis verwehrte. Odin brüllte, trotzte, zappelte und schlug mit den kleinen Fäusten um sich. Von der Türschwelle aus beobachtete Sondra, wie ihr Ex den Jungen aus dem Hof hinauszerrte.

*

»Diese Flasche hat mich ein Vermögen gekostet.« Sondra Francke stellte den Wein auf den Tisch. In der Wohnung duftete es nach Fleisch und angebratenen Zwiebeln.

»Das hier nicht!« Zoë Schütz, ihre Mitbewohnerin, wedelte mit einem Säckchen weißen Pulvers. »Garantiert nicht bio.« Der Stoff verschwand in der Tasche ihrer Schürze. Dann goss Zoë Weißwein in eine Pfanne, in der bereits das Essen brutzelte.

»Du Satansbraten! Hast du wieder deinen geheimnisvollen Liebhaber getroffen?« Sondra packte die Einkaufstasche aus. »Ich möchte einmal in meinem Leben einen Mann haben, der mich befriedigt und beschenkt.« Sie verschwand in ihrem Zimmer.

Zoë rührte in der Pfanne, bis der Wein etwas eingekocht war, dann gab sie Cherrytomaten dazu und reduzierte die Hitze.

»Die Modetussi da oben übertreibt es gewaltig«, zischte Sondra, als sie in die Küche zurückkam. Aus der Wohnung über ihnen hörte man Musik. »Ich möchte wissen, wann die Hausverwaltung endlich einschreitet. Die ist nicht ordentlich angemeldet. Offiziell gilt immer noch der Typ als Mieter, der vorher hier gewohnt hat. Der beim Staat arbeitet.«

»Dieser knackige? Er sieht gar nicht aus wie ein Beamter.« Zoë hackte Kräuter für die Salatsoße.

»Der hat doch einen dicken Bauch!«

»Den habe ich auch«, seufzte Zoë, während sie eine Schalotte schälte.

»Entschuldige!« Mit der flachen Hand strich Sondra ihrer Freundin über die Schulter. »Das mit dem Bauch ist mir so herausgerutscht. Ich wollte dich nicht kränken. Irgendwie habe ich eine natürliche Abneigung gegen Beamte.« Sie begann, den Tisch zu decken. »Jetzt hat er übrigens eine Frau und ein Kind und wohnt in einer Ökosiedlung. Seine ehemalige Wohnung hat er dieser blutjungen Zicke weitervermietet, damit er sie ab und zu vögeln kann. So einer ist das.«

»Glaubst du wirklich?« Zoë wandte sich um. Ihre Augen tränten vom Zwiebelschneiden.

»Neulich bin ich ihm im Treppenhaus begegnet. Er sah aus, wie Männer aussehen nach dem Sex: satt. Und trotzdem schauen sie einen an, als hätten sie bereits wieder Appetit.« Sondra holte Servietten aus dem Schrank. »Genehmigen wir uns eine kleine Linie, bevor die Weiber kommen?«

»Dann aber schnell, die müssten gleich klingeln!« Zoë wischte sich die Hände ab und holte den Stoff hervor. »Regine ist so was von gegen Drogen.«

Während Zoë die Linien vorbereitete, holte Sondra den Korkenzieher aus einer Schublade. »Ein edler Tropfen muss atmen, pflegt mein Vater zu sagen.« Sie entkorkte die Flasche. »Ich liebe diese Frauenabende. Ohne würde ich glatt vergessen zu essen.«

*

»Woher hast du dieses Armband?«, wollte Regine wissen. »Das ist hübsch.«

»Von einem Straßenkater«, antwortete Anna Tina. Sie strich über die schwarzen, in Leder gefassten Steine, die an ihrem Handgelenk baumelten.

»Ein Straßenkater? Was ist das denn?«

»Ein feuriger Bursche mit einem stürmischen Leben, der durch die Straßen tigert, dich umwirbt und mit dem du leidenschaftlichen Sex hast, aber niemals zusammenleben könntest, weil er ungezähmt und zügellos ist.«

»Ein Straßenkater oder ein Straßenköter?«, mischte sich Zoë ein. Sie stellte eine Schüssel Rigatoni auf den Tisch und holte die Soße vom Herd.

»Es gibt beide Typen«, präzisierte Anna Tina. »Ich mag die Kater lieber.« Sie schöpfte Pasta auf die Teller. »Mit denen kann man kuscheln.«

»Ha! So einen hatte ich. Nach einmal kuscheln schnappte er sich meinen IKEA-Katalog, verschwand auf dem Klo und war nach einer Dreiviertelstunde erstaunt, dass ich nicht mit ihm zusammenziehen wollte.« Sondra schenkte Wein ein. »Das ist übrigens ein wahnsinnig exquisiter Tropfen.«

»Unsere Nachbarn geben eine Dachgartenparty.« Mit einem Stück Schafskäse in der Hand stand Zoë in der Küche und starrte durch das Fenster zu dem Gebäude auf der anderen Hofseite. Als keine ihrer Freundinnen antwortete, legte sie den Käse auf den Tisch.

Sondra schwenkte das Weinglas vor ihrer Nase. Regine goss einen Schöpflöffel Soße über ihre Teigwaren und reichte die Schüssel weiter.

»Salat?«, fragte Zoë, als sie die letzte Speise zum Tisch brachte.

Anna Tina ergriff die Schüssel.

»Salat erinnert mich an den Lulatsch aus dem Bioladen«, meckerte Sondra. Sie betrachtete Anna Tina, die glücklich auf einem Salatblatt kaute. »Heute möchte ich um die Häuser ziehen und das Straßenkatersortiment begutachten.«

Anna Tina stopfte sich weiter Grünzeug in den Mund, Zoë schaufelte Reibkäse auf ihre Teigwaren. »Ich muss zu Hause bleiben. Morgen früh interviewe ich Elena de Winter, den neuen Stern am Modehimmel!«

»Groß kann dieser Modehimmel nicht sein«, spottete Sondra. »Oder meintest du Modepimmel?«

Zoë kannte die Sprüche ihrer Mitbewohnerin allzu gut und hatte sich daran gewöhnt, sie zu ignorieren. »Elena de Winter reist morgen nach New York. Sie kriegt den *Innovators Award*. Stellt euch vor: Eine Schweizer Modeschöpferin kriegt den *Oscar* der Modebranche! Und wem gibt sie das letzte Interview vor ihrem Amerika-Trip, wem?«

»Gratuliere«, freute sich Regine. »An diese Geschichte heranzukommen, war bestimmt ein hartes Stück Arbeit. Schließlich hast du keine Redaktion zur Unterstützung im Rücken wie ich.«

»Wem sagst du das«, seufzte Zoë. »Das wird alles von Herbert Merz organisiert, de Winters Anhängsel. Einen größeren Schleimer gibt es nicht. Der ist ekliger als Gleitgel.« Sie steckte sich eine Riesenportion Rigatoni in den Mund.

»Definitiv kein Straßenkater«, quiekte Anna Tina.

»Klingt eher nach Allmachtsdackel«, ergänzte Sondra. »Dann hätte er einen ganz kurzen, na ja, ihr wisst schon.«

»Ich soll Herbie zu ihm sagen«, nuschelte Zoë kauend.

»Der will etwas von dir.« Sondra verteilte den letzten Tropfen Rotwein.

»Es ist genau umgekehrt: Zoë will etwas von ihm«, wandte Regine ein. »Darum muss sie pragmatisch bleiben. Und vorsichtig! Merz ist mit allen Wassern gewaschen. Ihr wisst gar nicht, wo der überall mitmischt. Diese Modegeschichte ist bloß ein Hobby. Das macht er, weil er auf junge Frauen steht.« Sie nahm die leere Karaffe, stand auf, ging zum Wasserhahn und füllte nach. »In unserer Redaktion wird jede Geschichte zur Chefsache, wenn Merz ins Spiel kommt.«

»Wie ist es eigentlich, beim Fernsehen zu arbeiten?«, fragte Anna Tina. »Mit so vielen mächtigen Männern herumzumachen, stelle ich mir aufregend vor!«

»Es ist Arbeit«, antwortete Regine. »Morgens erfahre ich die Neuigkeiten der letzten vierundzwanzig Stunden. Zum Beispiel dass Islamisten westliche Geiseln enthauptet haben. Bis zum Mittag muss ich einen Beitrag von einer Minute dreizehn machen. Ich schaue mir die Bilder an, wähle einige vorzeigbare aus, schreibe den Text, befrage einen Politiker, der härtere Gesetze fordert, zum Ausgleich eine Linke, die mehr Integration will. Wenn der Beitrag im Kasten ist, gehe ich essen. Um zwei kommt der Chef und will eine Minute fünfundzwanzig mit demselben Material haben. Mache ich. Dann noch eine Minute dreiunddreißig für die Hauptausgabe und zweiundfünfzig Sekunden für die Spätnachrichten. Am Abend gehe ich nach Hause und versuche, die abgesäbelten Köpfe zu vergessen, bevor ich die Kinder ins Bett bringe.«

»Das klingt jetzt echt deprimierend«, beklagte sich Anna Tina betreten. »Der Wein ist auch alle.«

Sondra stand auf. »Wieso musstet ihr überhaupt so ernsthaft werden? Wir könnten doch über Kerle und ihre Kerlchen reden.« Sie ging in ihr Zimmer und kam mit einer Packung Zigaretten zurück. »Auf mich ungebildetes Klatschweib nehmen akademische Zicken wie ihr einfach keine Rücksicht!«

»Tut mir leid, ich wollte euch nicht den Spaß verderben.« Regine begann, die leeren Teller zusammenzustellen.

»He, Moment, ich bin noch nicht fertig!«, protestierte Zoë.

»'tschuldigung!« Regine setzte sich wieder. »Wie geht es Tatjana? Macht sie Karriere bei der Bank?«, wollte sie von Anna Tina wissen. »Da trifft man sich jahrelang im selben Schulhaus, weiß die intimsten Dinge voneinander und plötzlich ist Sendepause.«

»Die ist arbeitssüchtig«, warf Sondra ein und zündete eine Zigarette an.

Regine sprang auf, riss die Tür zum Balkon auf und blieb stehen, einen Fuß in der Küche, den anderen draußen.

»Tatjana arbeitet zwölf bis fünfzehn Stunden am Tag, ihr Handy hat sie so programmiert, dass es einen Heidenlärm macht, wenn eine E-Mail des Chefs eingeht, mit Männern spricht sie über Börsenkurse und mit mir über Schlafprobleme.« Anna Tina griff nach der Zigarettenpackung. »Wetten, dass sie meine Geburtstagsparty vergisst?«

*

Es war kurz nach Mittag. Sondra Francke stand auf ihrem Balkon und rauchte. Sie hatte sich krankgemeldet. Würde sie tun, was andere von ihr erwarteten, wäre sie nicht sie selbst.

Sie vermisste Odin. Sie hasste ihren Ex. Dafür, dass sie ihre Unabhängigkeit nur ohne ihn bewahren konnte. Dafür, dass eine Beziehung umso schöner war, je intensiver sie wurde, dass aber früher oder später einer den anderen dominierte. Dafür, dass sie es nicht so weit hatte kommen lassen können, hasste sie ihn.

»Ich haue dann mal ab!«

Ihr Straßenkater stand in der Küchentür. Die jüngste Eroberung seit Langem. Kampfsportmäßig durchtrainiert und trotzdem irgendwie unschuldig. Zu allem Überfluss hieß er Blerim und sah aus wie ein Gangsterrapper.

»Ja, klar.« Sondra wandte sich um. Offensichtlich wusste er nicht recht, ob er sie zum Abschied küssen sollte. Sein Haarschnitt war große Straßenkaterklasse. »Viel Spaß in deiner eigenen Wohnung.«

Wie stolz er daraufhin plötzlich aussah, amüsierte sie sehr. Doch es machte sie auch wehmütig.

Sie wurde älter.

»Danke für das Puder!«

»Gern geschehen.« Wie sie Zoë begreiflich machen sollte, dass der Stoff alle war, musste sie erst noch aushecken.

*

»Ihr beide solltet euch aussprechen, Christian und du.«

»Was sollte das denn bringen? Dann fühlt er sich doch bloß provoziert! Soll er doch herumkommandieren, wie er will – ich gehe die Dinge auch weiterhin auf meine Weise an, ob ihm das passt oder nicht.«

Sondra Francke sah den Kindern beim Spielen zu. Es machte sie traurig. Mit ihrer Schwester in den Park zu gehen, in dem sie ihre Nachmittage mit Odin verbrachte, war keine gute Idee gewesen.

»Letzte Woche fand Christian, dass die Küche nicht sauber genug geputzt war. Muss ich mir mit fast vierzig vorschreiben lassen, wie man einen Putzlappen benützt? Ich reinige halt auf meine Art! Außerdem ist es doch ganz normal, dass es nach einiger Zeit wieder aussieht wie zuvor. Da kann man scheuern, wie man will!«

Sie nippte an ihrem Kaffee. Er war, wie alles in diesem Parkrestaurant, teuer und lauwarm.

»Diese Woche hat er mir eine SMS geschickt: *Kannst du bitte die Erdbeeren pflücken, wenn du das nächste Mal im Garten bist?* Bin ich denn die Haushälterin meiner Geschwister? Das Haus gehört uns allen! Warum muss ausgerechnet ich immer alles erledigen? Ich wollte die blöde Hütte doch gar nicht und nun wird sie zu einer solchen Belastung! Mir wäre lieber, Papa lebte noch!«

Ihre Schwester setzte den nachsichtigen Blick auf, mit dem sie Sondra immer anschaute, wenn diese sich aufregte. Hinterher würden sowohl ihre Schwester als auch ihr Bruder über sie herziehen. Über die hysterische Sondra. Die überempfindliche. Die wehleidige. Die ausgeflippte. Die dickköpfige. Die eigennützige. Die rücksichtslose.

Sondra stand auf und lief davon.

*

Wie lustig Daniel aussah! Mit seiner schmalen Hüfte, dem flachen Bauch, den muskulösen Schultern und dem weiblichen Gang. Er rannte wie eine Dragqueen im Fummel und auf Plateausohlen, obwohl er Jeans, ein hautenges T-Shirt und Turnschuhe trug.

»Entschuldige die Verspätung, Liebes! Aber der Bus war proppevoll. So viele verschwitzte und gehetzte Menschen ertrage ich einfach nicht. Deshalb bin ich zu Fuß gekommen.« Nach Atem ringend, küsste er Sondra auf die Wangen. »Wann startet die Party?«

»Wir müssen nicht negativ auffallen, indem wir die Ersten sind.«

»Es wird toll werden.« Mit der rechten Hand fächelte sich Daniel Luft ins Gesicht. »Anna Tina kennt so maskuline Männer!«

»Die alle wahnsinnig heterosexuell sind, mein Lieber«, ergänzte Sondra lachend und deutete auf die einfahrende Trambahn.

Sobald sie angehalten hatte, stießen vor jedem Zustieg eine Gruppe anstehender auf eine Horde herausdrängender Fahrgäste. Daniel und Sondra warteten vor dem hintersten Wagen und sprangen gerade noch hinein, bevor die Tür wieder geschlossen wurde. Sie quetschten sich zwischen einen monströsen Kinderwagen und den Eingang.

»Ich bin so dichtegestresst«, stöhnte Daniel, während er die anderen Passagiere musterte. Leute, die spät von der Arbeit kamen, und solche, die früh ausgingen.

»Reibung erzeugt Wärme«, kicherte Sondra.

»Du kommst ohne Umschweife zu den bedeutenden Themen, Schätzchen.« Mit wissendem Gesichtsausdruck rückte er noch näher zu ihr hin. »Hast du einen jungen Bengel abgeschleppt?«

Sondra nickte listig.

»Was für ein Vamp du bist! Lebt der Jüngling noch?« Daniel näherte sich Sondras Ohr und senkte seine Stimme, sodass sie sein Geflüster mehr fühlte denn hörte. »War er gut im Bett? Kein pornoverdorbener Protzklotz?«

»Ich kriege immer noch Gänsehaut, wenn ich an ihn denke.«

»Du Glückskind!« Daniel wischte sich den Schweiß von der Stirn. »Von den großen Gefühlen kriege ich immer nur die schlimmen ab.«

An der nächsten Station entstand erneut ein Durcheinander aus ein- und aussteigenden Menschen. Sondra und Daniel schafften es, sich neben die Mutter mit dem Kinderwagen ans Fenster zu stellen. Eine alte Dame verzögerte die Weiterfahrt, weil sie nur in kleinen Schritten dorthin hinkte, wo Sondra und Daniel zuvor gestanden hatten. Der unbequemste Platz im ganzen Wagen. Die Rentnerin machte sich so klein, dass sie beinahe verschwand.

»Übrigens, bevor ich es vergesse: Die Sache mit der Wohnung ist entschieden.«

Sondras Rücken versteifte sich. »Ja?«, fragte sie in einem Tonfall, der so beiläufig wie möglich klingen sollte. Daniel war ihr Kontakt zur Hausverwaltung. Bei ihm hatte sie sich wegen Jessica Matter beschwert, ihrer Nachbarin.

»Sie fliegt raus«, sagte er. »Es handelt sich um eine nicht autorisierte Untermiete. Der eigentliche Mieter ist unter einer anderen Adresse gemeldet, was einen Mietvertrag mit uns ausschließt. Mein Chef hat den entsprechenden Brief unterschrieben und abgeschickt. Der Ton ist für unsere Verhältnisse extrem scharf.« Mit seiner flachen Hand streichelte er Sondras Wange. »Natürlich kann sich die Untermieterin als Nachmieterin bewerben. Aber sie kriegt die Wohnung nicht, denn die erhältst ja du, Schönheit!«

»Wirklich?«

Daniel nickte resolut.

»Es wäre so toll, wenn das tatsächlich klappen würde!« Sondra fiel ihm um den Hals. »Unsere aktuelle Bude ist viel zu klein, wenn Odin älter wird, sogar zu eng.« Unvermittelt hielt sie inne. »Aber darum ist es mir bei dieser Sache nie gegangen. Ich wollte nur, dass alle gleich behandelt werden!«

Die Tram hielt an einem Verkehrsknoten, wo mehr Leute aus- als einstiegen. Unter den neu hinzugekommenen Fahrgästen befanden sich ein Mann mit Hund und eine Bande muskelbepackter Rüpel mit Baseballmützen.

»Sah dein Abenteuer aus wie einer von denen?«, flüsterte Daniel. »Mucho Macho?«

Bevor Sondra antworten konnte, entspann sich ein Streit zwischen dem Hundehalter und der Mutter mit dem Kinderwagen, weil der Hund seine Schnauze auf direktestem Weg in den Wagen steckte und das Baby ableckte, das augenblicklich zu schreien begann.

»Können Sie Ihren Hund von meinem Kind fernhalten?«

Der Mann stand mit dem Rücken zu der Frau und tat so, als würde er nichts hören. Er sah Daniel nicht unähnlich. Kurze Haare, gepflegt, schlank, sportlich. Nur hatte er X-Beine und trug Flipflops statt Sportschuhe.

»Hallo! Ihr Hund … Er leckt mein Baby ab!« Die Stimme der Frau überschlug sich. »Ziehen Sie ihn weg! Haben Sie mich verstanden?« Sie sah Hilfe suchend um sich. Neben ihr stand ein Banker im Anzug, der immer heftiger auf seinem Smartphone herumdrückte. »Sieht denn niemand, was hier vor sich geht?«

»Mein Hund leckt niemanden ab!«, zischte der Mann aggressiv über seine Schulter, bevor er wieder in die andere Richtung blickte.

»Etwas mehr Anstand bekäme Ihnen gut, mein Freund.« Die betagte Dame an Daniels Seite fasste sich ein Herz.

»Man kann nur gewinnen, wenn man höflich zu anderen Menschen ist.«

»Mein Hund leckt niemanden ab!«, wiederholte der Mann, zog nun aber stärker an der Leine, sodass die Schnauze des Tiers nicht mehr direkt über dem Gesicht des Kindes war, das trotzdem weiterweinte.

»Nein, er frisst das Gör nur«, mischte sich einer der Schlägertypen ein. »Ist ja auch ein saftiges kleines Häppchen.«

»So krass«, grölte einer seiner Kumpel. »Eine echte Killerdogge!«

Vorsichtig schob sich die Mutter an Sondra vorbei zwischen den Hundekopf und ihr Kind.

»Ist ein Schäferhund«, blökte der andere.

Der Größte von allen stieß die anderen beiden beiseite und baute sich vor dem Hundehalter auf. »Ist dieser Köter genauso schwul wie du?«

Der Mann zuckte zusammen. Daniel ebenfalls.

»Ist er ein Kinderschänder? Leckt er darum das Balg?«, fuhr der Große fort und stieß den Mann gegen die Brust. »Ist es ein Bube?«, blaffte der Rüpel die Frau an.

»Bitte hören Sie auf!« Sie hatte Tränen in den Augen. »Ich wollte doch nur, dass der Hund mein Kind in Ruhe lässt!«

»Hast du schon einen Steifen, Pädo?« Mit der Linken zog der Schläger einen seiner Freunde zu sich her, der einen Kopf kleiner und schmaler gebaut war. »Schau dir dieses Bübchen an. Es ist noch Jungfrau. Wirst du geil, Schwuchtel? Hast du endlich einen Ständer?« Unvermittelt griff er dem Mann zwischen die Beine, der schreiend zurücksprang. Der Hund knurrte. »Jetzt wirst du in den Arsch gefickt, Arschficker!« Mit dem Schädel holte er aus und haute dem Mann seine Stirn auf die Nase.

Sondra sah Blut spritzen. Sie presste sich dicht an Daniel und fühlte, wie er zitterte.

Der Geschlagene brüllte, der Hund schnappte nach dem Angreifer.

Wie in Trance griff Sondra in die Handtasche und holte ihren Pfefferspray hervor. »Schluss jetzt!« Sie spritze dem Schläger eine Ladung ins Gesicht.

Ein Geschrei und Gejaule brach los. Das Baby heulte, die Mutter ebenso, der Geschäftsmann hustete, der Schläger fluchte, der Hundebesitzer war schluchzend zusammengesunken und die alte Frau stand stocksteif und mucksmäuschenstill an Daniels Seite.

Die Kumpel des Schlägers drohten, sich auf Sondra zu stürzen.

Sie drückte ein zweites Mal auf den Knopf.

Weil sich das Reizgas verteilte, husteten immer mehr Leute. Der Fahrer betätigte die Notbremse und öffnete alle Türen. Hals über Kopf drängten die Leute ins Freie.

Sie befanden sich unter einer Autobrücke. Rund um die Straßenbahn bildete sich ein Kordon aus Fahrgästen und Gaffern.

Inmitten des Gedränges zog Sondra Daniel am Arm. »Lass uns verschwinden!«

Sie pressten sich durch die Menge hindurch und rannten über die Fahrbahn. Autos bremsten, einige hupten, Reifen quietschten. Über einen Parkplatz gelangten sie in eine Seitenstraße und hetzten an einem Industriebau vorbei.

»Stopp!«, keuchte Daniel. Er hielt an und stützte die Hände auf seine Hüften.

Sondra konnte nicht sprechen. Ihr Atem rasselte, sie hatte Seitenstechen. Dass sie überhaupt so weit rennen konnte, hätte sie nie für möglich gehalten. Dass sie tun könnte, was sie getan hatte, erst recht nicht.

Sie wusste nicht, ob sie sich schämen oder stolz sein sollte.

Daniel blickte sich um. Leute strömten zu der nächstgelegenen Tramlinie. »Geht's wieder bei dir?«

Sondra nickte.

»Gut, dann los!«

Sie mischten sich unter das Volk und versuchten, umso unauffälliger auszusehen, je mehr Polizeisirenen in ihre Richtung unterwegs waren.

*

»Wenn sich jemand so aufspielt, muss man einschreiten.« Sondra saß vor einer gigantischen Tasse Milchkaffee. Je länger Anna Tinas Party gedauert hatte, umso euphorischer war Sondra geworden. Immer und immer wieder hatte sie erzählt, wie sie den Schläger mit Pfefferspray besprüht hatte. Die Erinnerung an ihre Angst, die Empörung über das Verhalten der anderen, die Zweifel an ihrem eigenen Handeln waren dem Stolz gewichen, dass sie es gewagt hatte, der Bande Paroli zu bieten.

Zoë goss Kaffee nach. Nachdenklich wärmte sie ihre Hände an der heißen Tasse.

»Diese Party war abgedreht, sage ich dir. Ausgelassener kann man nicht fünfunddreißig werden«, setzte Sondra ihren Bericht fort. »Die Musik war geil! So etwas hörst du in keinem Club. Nur Anna Tinas Schwester war der absolute Partykiller. Tatjana dreht noch durch, so karrieregeil ist die.«

»Ich habe ebenfalls etwas Verrücktes erlebt.« Zoë stellte ihre Tasse auf den Tisch und erhob sich. Im Nachthemd und barfuß eilte sie in ihr Zimmer. Als sie in die Küche zurückkam, hatte sie ihren Laptop dabei. »Das musst du dir ansehen. Diese Geschichte macht mich berühmt.«

Sondra starrte auf den Bildschirm. »Ein alter Sack mit heruntergelassenen Hosen?«

»Das ist Herbert Merz.« Aufgeregt zappelte Zoë neben Sondra von einem Fuß auf den anderen.

»Müsste ich seinen Zipfel kennen?«, witzelte Sondra. »So beeindruckend ist der nicht.«

»Der Mann hinter Elena de Winter. Der Lobbyist. Ich habe doch von ihm erzählt, als Regine und Anna Tina hier waren!«

»Der größenwahnsinnige Wüstling«, dämmerte es Sondra. »Den hast du hoffentlich nicht gebumst! Das wäre ja wohl unterste Schublade.«

»Jetzt werd nicht albern«, ungeduldig tippte Zoë auf der Tastatur. »Ich habe sogar ein Video. Das ist eine Riesengeschichte!«

»Da fickt er jemanden. Eine Blondine. Na ja ... Die Aussicht im Hintergrund ist besser.«

»Du kannst einen in den Wahnsinn treiben«, stöhnte Zoë. Sie klappte den Laptop zusammen, ging auf die andere Seite des Tisches und setzte sich. »Diese Bilder dokumentieren, wie Herbert Merz versucht, eine Frau zu vergewaltigen«, sagte sie so ruhig wie möglich. »Diese Frau.« Mit dem Zeigefinger deutete sie gegen die Zimmerdecke.

»Ohne Scheiß?« Sondra verklemmte sich die Bemerkung, dass sie Jessica Matters Wohnung beziehen würde. Sie war sich nicht sicher, wie gut Zoë es aufnehmen würde, dass sie auszog. Die Wohnung im oberen Stock befand sich direkt unter dem Dach, war etwas kleiner und damit auch billiger, sodass Sondra sie sich allein leisten konnte. »Bist du sicher, dass es eine Vergewaltigung war? Die fickt doch jeden.«

»Das ist nicht lustig, Sondra!«

»’tschuldigung.«

»Sie hat laut und deutlich Nein gesagt, sie hat sich gewehrt, sie hat gefleht und gebettelt. Er hat sie gegen das Geländer gedrückt. Sie konnte sich aber befreien, hat ihn gebissen, ihm mit dem Knie in die Eier getreten und ist geflüchtet. Danach ist er zu Boden gegangen. Die Hose auf den Knöcheln.« Zoë stand auf und goss sich Wasser in ein Glas. »Geschehen ist das Ganze auf der jährlichen Party von Apollonia Hegetschwiler. Dem Schickeria-Ereignis schlechthin!«

Sondra verstand allmählich. »Du willst die Geschichte verkaufen.«

»Natürlich«, antwortete Zoë. »Wer diese Geschichte herausgeben will, braucht mich: mich, das unbedeutende kleine Schreiberlein!« Sie brachte den Computer zurück in ihr Zimmer. »Wo ist mein Kokain hingekommen?«

*

»Natürlich weiß ich, dass mein Verhalten Andreas gegenüber Odin belastet, aber ich muss mich selbst schützen.«

Zoë setzte sich auf die Parkbank. Auf der Wiese lutschte Odin an einem giftgrünen Wassereis. Von Westen näherten sich schwarze Wolken. Wind zog auf. »Lange wird das Wetter nicht mehr halten«, meinte Zoë mit einem skeptischen Blick in den Himmel. »Wenn wir noch trocken nach Hause kommen, haben wir Glück.«

»Andreas wollte unter vier Augen mit mir sprechen. Er wirft mir vor, Odin gegen ihn aufzuhetzen.« Sondra packte ihre Eiscreme aus.

»Und?«, fragte Zoë. »Hat er recht?«

»Na ja, ich lasse mich nicht unterkriegen«, trotzte Sondra kopfschüttelnd und ihre seitlich abstehenden Pippi-Langstrumpf-Zöpfe untermalten ihre Worte mit einem wilden Tanz.

»Du hast Glück mit Andreas, Sondra«, sagte Zoë eindringlich. »Ich kenne wenige Männer, die so geduldig sind wie er.« Sie legte ihren linken Arm um Sondras Schulter. »Du kannst manchmal echt ganz schön giftig sein.«

»Aber sonst kommt man unter die Räder!« Sondra erhob sich. »Komm, gehen wir nach Hause, bevor das Gewitter da ist.«

»Du hast noch gar nicht gesagt, wie du meine neue Haarfarbe findest.«

Sondra antwortete nicht. Sie war zu sehr damit beschäftigt, die Eisreste aus Odins Gesicht zu entfernen.

Jessica sagt Nein

»Kein Sex heute?«

»Nein.«

Der Kerl hatte Nerven. Stand samstagmorgens in ihrem Schlafzimmer. Für eine schnelle Nummer, wie er es mochte. Sich bedienen lassen, hart zur Sache gehen, duschen und ab zum Wochenendeinkauf mit Frau und Kind.

Jessica Matter hatte kein Auge zugetan. Um ein Haar wäre sie vergewaltigt worden. Von einem senilen Schleimscheißer, der alles anmachte, was nicht gerade pflegebedürftig war. Zu allem Überfluss hatte sie sich danach ausgerechnet an Apollonia Hegetschwilers Schultern ausgeweint, anstatt einfach diskret zu verschwinden.

Der Wichser ließ etwas auf den Boden fallen. Einen Briefumschlag.

Sie setzte sich auf. Die Bettdecke um ihren Körper geschlungen, den sie während eines mehrstündigen Bades in heißem Wasser aufgeweicht hatte.

»Die Wohnung wurde gekündigt«, sagte er, drehte sich um und ging.

*

»Ein Glas Wasser wäre nett.« Und eine Packung Valium, fügte Jessica in Gedanken hinzu. Sie war mit den Nerven am Ende. Und demnächst obdachlos.

Sie hatte noch ein wenig geschlafen. Zwei oder drei Stunden, bis das Telefon sie aufgeschreckt hatte. Der Ton ihrer Chefin hatte keinen Widerspruch zugelassen.

Dass Apollonia Hegetschwiler in dem winzigen Büro saß, überraschte sie keineswegs, obwohl sie nicht ernsthaft damit gerechnet hatte. Jessica Matter war zum einen zu fertig gewesen, um sich überhaupt irgendwelche Gedanken zu machen, und zum anderen zu beschäftigt, das wenige, was von ihr übrig war, in eine vorzeigbare Form zu bringen. Das war dringend notwendig, denn immerhin musste sie an einem Samstag durch die Einkaufsmeile marschieren, tausend Blicke aushalten und an den anderen Verkäuferinnen vorbeiparadieren, wenn sie durch die Boutique im Erdgeschoss zum Fahrstuhl ging, um in den vierten Stock zu gelangen. Hätte sie diesen Parcours im Trainingsanzug absolviert, wäre eine Woche Getratsche die Folge gewesen.

»Ich mache mir große Sorgen.« Apollonia trug ein Kleid, das ihr Jessica verkauft hatte. Es kostete genauso viel wie Jessicas komplette Wohnung – Blowjobs und Arschhinhalten nicht mitgerechnet. »Was geschehen ist, tut mir unglaublich leid. Als Gastgeberin fühle ich mich verantwortlich.«

»Zimmerservice, meine Lieben!« Iris, die Geschäftsführerin, balancierte ein Tablett zu dem Bistrotischchen, das ihren Arbeitsraum zur Hälfte ausfüllte. Den restlichen Platz nahmen Kleiderstangen ein, an denen Muster verschiedener Kollektionen hingen.

Es gab Sprudel für Jessica und Kaffee aus der Kapsel für die alten Schachteln.

Iris setzte sich mit einem Lächeln, das üblicherweise für die Kundschaft reserviert war.

»Mit etwas Distanz zu diesem, äh, Vorfall und mehr Contenance lässt sich besser darüber sprechen«, fuhr Apollonia fort und rührte Süßstoff in ihre Brühe. »Herbie bedauert es aus tiefstem Herzen.«

Bei der Erwähnung dieses Namens drehte sich Jessica der Magen um. In der Hoffnung, die aufkommende Übelkeit noch unterdrücken zu können, nippte sie an ihrem Wasserglas.

»Außerdem habe ich meine Gäste befragt. Wenn man unvoreingenommen ist, sollte man alle Seiten anhören. Und ich muss dir leider sagen, Jessica, Liebes, auf einmal erscheinen einem gewisse Ereignisse weit weniger eindeutig, als sie auf den ersten Blick zu sein schienen.« Über die Kaffeetasse hinweg fixierte sie Jessica. »Ich möchte nicht den Teufel an die Wand malen, an diesem Hort der Ästhetik schon gar nicht. Doch aus einer juristischen Perspektive würde der Vorfall keineswegs einheitlich betrachtet. Es wäre sogar fraglich, wer hier Opfer ist, wer Täter.« Schwungvoll stellte sie die Tasse zurück auf den Tisch. »Hast du dir überlegt, Herbie bei der Polizei anzuzeigen, Jessica?«

»Nein.« Jessica hatte sich überhaupt noch nichts überlegt. Außer vielleicht, ein Fleischermesser zu kaufen und dem Schleimer den Schwanz abzuschneiden.

»Ich bin froh, dass du das so siehst, Liebes!« Apollonia legte eine Handtasche aus Echsenleder auf den Tisch. Eine weitere Monatsmiete. »Ein Rechtsfall hätte unvorhersehbare Folgen. Für Herbie. Für mich. Für dich. Ja, sogar für Iris und den Ruf ihres Geschäfts.« Sie machte so etwas wie die Andeutung einer Verbeugung vor Jessicas Chefin. »Was in die Hände der Justiz gerät, ist nicht mehr zu kontrollieren. Wer weiß, Jessica, vielleicht stünde am Ende dein Arbeitsplatz auf dem Spiel? Wer kann das voraussehen?«

Jessica trank das Wasserglas leer. Anders ließ sich nicht verhindern, dass sie der Hexe den Inhalt ins Gesicht goss.

»In seinem Innersten ist Herbie ein guter Mensch. Aber natürlich hat er Fehler. Wie wir alle. Ich bin die Letzte, die das abstreiten würde. Aus diesem Grund habe ich ihn überzeugt, ein wenig von dem Schaden wiedergutzumachen, den er angerichtet hat.« Apollonia Hegetschwiler nahm einen

Umschlag aus der Tasche und schob ihn Jessica über den Tisch. »Herbie hat keine Hintergedanken. Weder er noch ich erwarten eine Gegenleistung.« Sie erhob sich. Iris mit ihr. »Überlege dir gut, was du tust, mein Kind!«

Jessica war sitzen geblieben. Sie öffnete den Umschlag. Drei Monatsmieten.

Zum Abschied streckte ihr Apollonia die Hand entgegen. Jessica rührte sich nicht.

»Entschuldige, dass ich so schnell zur Sache gekommen bin«, erklärte Apollonia irritiert. »Das war unsensibel von mir. Wahrscheinlich war ich zu zielstrebig«, seufzte sie und sah für einen ganz kurzen Moment hilflos aus. »Aber doch nur darum, weil mir so sehr am Herzen liegt, dass wir eine einvernehmliche Lösung finden!« Sie bückte sich zu Jessica hinunter und strich ihr mit dem Handrücken über die Wange. »Möchtest du dich aussprechen?«

»Nein.«

*

Der Klubbesitzer schloss die Tür ab. Sein Allerheiligstes lag neben der Garderobe für die Musiker. Oben Elektronik für die Masse, unten Rockbands für die Ewiggestrigen im Turnus mit Experimentalmusik für die Übermorgigen.

Auf der Bühne richtete sich eine Band ein. Schnell, laut, aggressiv. Das war nicht Jessica Matters Stil, entsprach aber ihrer Stimmung. »Du kannst die Hose anbehalten, ich habe Geld.« Sie legte einen Tausender auf den Tisch.

Er schaute den Schein an, danach Jessica von unten bis oben, und anschließend schweifte sein Blick zu der gegenüberliegenden Wand, an der die Trophäen hingen. Fotos von ihm mit Bands, DJs und Frauen. Daneben eine Gitarre, die er zu spielen aufgehört hatte, nachdem ihm klar geworden war, dass er als Klubbesitzer mehr Groupies flachlegen konnte, als er als Musiker je schaffen würde. Außerdem hingen da noch eine Trompete, die ein Jazzer auf Entzug gegen Stoff eingetauscht hatte, und ein japanisches Schwert, das das Sicherheitspersonal einem Gast abgenommen hatte, bevor dieser ein Blutbad anrichten konnte, weil seine Freundin als Trophäe verewigt worden war. Gleich neben Jessica, die auf dem Bild nichts anderes am Leib trug als das Tattoo, das er ihr geschenkt hatte, nachdem sie dem Schutzalter entwachsen war und er sich nicht mehr strafbar gemacht hatte – und kurz bevor sie ihm zu alt geworden war. Ein roter Teufel oberhalb der Scham.

»Wer hätte das gedacht«, spottete er, während er den Tresor öffnete. Er hatte gebräunte Haut und ein auf Hochglanz poliertes Selbstbewusstsein. »Sugar, Kola, Ecstasy, Thaipillen?«

»Fickpulver. Das gute! Nicht von dem, das du dir auf den Schwanz streichst.«

»Schön, dass du dich an mich erinnerst!« Er gab ihr einen Plastikbeutel. »Du wirkst so verhärtet. Wir sollten Spaß miteinander haben! Ich weiß doch, was dich heiß macht.«

»Nein.«

*

»One more time. Just do it again! The thing you did. Do it again!« Endlich lief ein Song zum Mitsingen im Radio. In dem Auto ihres Vaters lagen massenweise CDs herum, aber nichts, was man hören konnte, wenn man nach 1990 geboren war. Jessica setzte den Blinker und fuhr von der Autobahn ab. »Just! Do! It! Again!«

Ein Dorf, ein Fluss, ein Wald, ein Fahrverbotsschild, ein Parkplatz, der mit Familienkarossen zugestellt war, ein schmaler Weg vorbei an blumigen Gärten, viele Gören, die erst nach mehrmaligem Hupen zur Seite wichen, und Erwachsene, die Jessica entrüstet anstarrten, als sie mit ihrem Auto den Weg blockierte.

Sie stieg aus und fragte sich so lange zu der richtigen Adresse durch, bis auch der allerletzte Sandalenträger mitbekommen hatte, dass eine grell geschminkte Modetussi einen verheiraten Mann besuchte, der ein angesehener Beamter war, ein liebevoll sorgender Familienvater, ein ökologisch bewusster Siedlungsbewohner und ein sozial engagierter Bürger.

Die Haustür war nicht abgeschlossen.

Sehr praktisch.

Die Familie saß beim Abendessen.

»Jessy! Was machst du denn hier?«

»Setz dich!«

Er fiel mit offenem Mund in den Stuhl zurück.

»Papa, wer ist das?«

Der Knabe sah aus wie ein Mädchen, die Frau wie ein Mann.

»Ich bin Jessica. Dein Papa kriegt einmal im Monat ein Küsschen von mir in seiner alten Wohnung. Weil er mir heute Morgen gekündigt hat, bringe ich die Schlüssel zurück.« Sie schmiss den Bund in die Salatschüssel, griff sich ein Bio-Wiener vom Tisch und biss ab.

»Papa, die Frau stiehlt meine Wurst!«

»Nein, das Würstchen bleibt hier.«

*

»Wir haben eine Warteliste.« Es gab wenig Haut an dem Typen, die nicht in irgendeiner Form bearbeitet war.

»Das ist ein Notfall.« Jessica zählte fünf Hunderter ab.

»Wir haben Regeln.«

Der Raum hinter der Empfangstheke war groß und hell. An den Wänden hingen Textilien, die mit archaisch wirkenden Ornamenten bedruckt waren. Vier Liegen standen herum. Drei waren leer, auf der vierten wurde ein Rücken bearbeitet. Im Hintergrund lief minimalistischer Elektropop.

Jessica legte ihr restliches Koks neben das Geld. »An deiner Stelle würde ich den Laden jetzt schließen.«

»Worum geht es denn?«

Sie öffnete dic Hose und zeigte das Teufelchen. »Da muss etwas anderes hin.«

»Schwebt dir etwas Bestimmtes vor?«

»Nein.«

*

Jessica saß im Volvo, rauchte und schaute zu, wie der Regen auf die Windschutzscheibe trommelte. In der Dunkelheit hinter ihr lagen Schrebergärten, vor ihr befand sich das Krankenhaus, in dem ihre Mutter die letzten Tage ihres Lebens verbracht hatte. Weiter unten schimmerten die Lichter der Stadt. Ab und an wurde die dunkle Fläche des Sees von Blitzen aufgehellt. Die Aussicht von Apollonias Balkon war ähnlich gewesen. Das Gefühl in Jessicas Nase ebenfalls. Alles andere hatte sie hinter sich gelassen.

Im Fond des Autos lagen zwei Taschen von IKEA und drei rot-weiße Einkaufstüten aus Papier. Schuhe, Kleider, Kosmetika, Kuscheltiere. Die Möbel hatte sie in der Wohnung gelassen, da sie ihr ohnehin nicht gehörten.

Sie hatte keine Ahnung, wo sie übernachten sollte, was bedeutete, dass sie am Ende in Väterchens Armen landen würde.

An der Stelle, wo früher das Teufelchen gegrinst hatte, prangte nun ein Totenkopf, davor stand eine Uhr auf fünf vor zwölf, darum herum rankten Rosen. Die Wunde war eingesalbt, abgeklebt und schmerzte heftiger, als die Wirkung des Koks nachließ.

Das Pulver war alle, das Geld beinahe. Jessica war keine Spur von müde und sie hatte keinen Bock darauf, sich an Papas Schultern auszuweinen.

*

»Tut mir leid, Jessy, ab heute musst du dich hinten anstellen, sagt der Boss.« Der Türsteher deutete auf die Kolonne erwartungsvoller Nachtschwärmer, die sich entlang der Hausmauer aufgereiht hatten, um möglichst nicht im Regen stehen zu müssen. Er posierte unter einer Plane im Trockenen, von einer farbigen Lichterkette beleuchtet.

Neben dem Eingang befand sich ein Platz, auf dem sich bei schönem Wetter das Partyvolk drängte. In dieser Nacht jedoch blieb er leer bis auf zwei unverwüstliche Alkoholiker, die, bereits pudelnass, mit den Händen ihre Getränkedosen abschirmten, damit das dünnflüssige Billigbier nicht noch stärker verwässert wurde.

Jessica hatte die Kapuze ihrer Sportjacke über den Kopf gezogen. Trocken war sie trotzdem nicht, denn der Baumwollstoff hatte sich vollgesogen. »Wenn das so ist, muss ich auch nicht mehr für mich behalten, womit du nebenher noch Kohle verdienst. Wie heißt das Zeug, das du verkitschst? Analbullika?«, ätzte sie.

Er griff an den Knopf in seinem Ohr, als würde er den Funk abhören, doch Jessica war sich sicher, dass in seinem Kopf weniger los war als in dem Schädel einer Leiche, selbst wenn er über Funk tatsächlich eine Stimme gehört hatte.

Mit einem kaum wahrnehmbaren Nicken machte er den Weg frei.

»Hey! Warum darf die denn jetzt einfach rein?«, rief einer der Wartenden.

Jessica drehte sich um. Der Empörte war ein Junge mit Hornbrille und wirrem Haar. Neben ihm standen zwei andere im Studentenlook, die den Abstand zu ihrem Kumpel vergrößerten, als Jessica auf ihn zumarschierte. »Bist du etwas Besseres als wir?«, fragte er mit deutlich weniger Engagement in der Stimme.

»Nö.« Jessica schüttelte den Kopf. Die Kolonne der Wartenden reichte bis ans Ende des Gebäudes und ging weiter um die Ecke. Auf der Straße stauten sich die Autos, zwischen denen sich ebenfalls Leute hindurchzwängten. »Hast du eine Wohnung?«

»Äh, ja, was hat das damit zu tun?«

»Damit bist du etwas Besseres als ich. Komm mit!« Sie zog ihn weg und schob ihn an dem Rausschmeißer vorbei. »Der Knabe gehört zu mir.«

*

»Sorry, Jessy, keine Gratisdrinks mehr, sagt der Chef.« Die Bardame machte eine entschuldigende Geste, doch Jessica konnte in ihren Augen einen wahren Beifallssturm erkennen.

»Wir nehmen zwei doppelte Gin mit Tonic.« Jessica legte einen Hunderter auf die Theke. »Hast du Drogen dabei?«

Der Jüngling schüttelte den Kopf. Er trug Jeans, Turnschuhe und ein Poloshirt. Man sah ihm den Außenseiter von Weitem an, dennoch hatte er mehr Charme, als ihm möglicherweise bewusst war.

»Du rauchst nicht mal?«

»Eigentlich nicht? Du?«

»Alles.« Der DJ hatte eine schwache Phase. Trotzdem bewegte sich Jessica im Rhythmus einer lahmen R-&-B-Nummer. »Hast du ein Auto?«

Kopfschütteln.

»Wie willst du ohne Dope und Karre an Frauen herankommen? Du bist doch nicht wegen der Musik hier?«

»Ich warte, bis ich angesprochen werde«, meinte er befangen.

»Funktioniert es?«

»Selten.«

»Was sind das für Mädels, die dich anquatschen sollen?«

»So normale halt.«

»Solche, die denken beim Tanzen?« Jessica steckte das Wechselgeld ein, nahm die Drinks vom Tresen und hielt ihm seinen hin. »Ich bin Jessy.«

»Renato.«

Sie wedelte mit dem Dekolleté vor seiner Nase herum. »Wenn du dich nicht auch bewegst, ist es mehr wie Tabledance.«

Renato verlagerte das Gewicht von einem auf den anderen Fuß.

»Jeesssssyy!« Bettina hüpfte herbei, die Arbeitskollegin, an deren Stelle Jessica auf die Party von Apollonia Hegetschwiler gegangen war. Hinter Bettina stakste die Kellnerin, die Jessica und ihrem Vater den schlecht platziertesten aller Tische angeboten hatte. »Ich habe dich gar nicht im Fernsehen gesehen«, quietschte Bettina. »Wo warst du denn, als die gefilmt haben? In einem Separee vielleicht? Auf ein Tête-à-Tête mit einem Promi?«

Bettina und die Serviererin grinsten sich vielsagend an, während sich Jessicas Miene verdüsterte.

»Ich glaube, wir stören hier gerade«, kicherte Bettina mit einem abschätzigen Blick in Renatos Richtung. »Wir sehen uns Montag im Geschäft!« Sie tippelte mit ihrer Freundin über die Tanzfläche in Richtung eines Tischchens, an dem zwei Kerle breitbeinig in den Sesseln thronten.

Jessica sah sich um – die Leute starrten sie an, lachten sie aus, zeigten mit den Fingern auf sie, warfen Bierbecher nach ihr, johlten und schrien, geschieht dir recht, du Schlampe, hätte Herbie dich nur richtig rangenommen.

Schlagartig war ihr klar, dass sie nie wieder in die Boutique arbeiten gehen würde. Sie packte Renato so abrupt am Arm, dass er seinen Drink verschüttete.

*

Auf der Bühne räumten spindeldürre Herren ihre Instrumente zusammen. Der DJ spielte etwas Hartes. Gitarren und Geschrei. Auf einmal wusste Renato sich zu bewegen. Jessica holte währenddessen Nachschub an der Bar.

Decke, Wände und Boden waren schwarz. In der flimmernden Beleuchtung wechselte der Gin mehrmals die Farbe, als Jessica mit vollen Gläsern zu Renato zurückkehrte. »Glaub bloß nicht, dass du mich ins Bett kriegst«, schrie sie ihm ins Ohr.

Er antwortete. Sie verstand bloß die Hälfte und die klang nach einer Lüge. Jessica leerte ihr Glas, nahm ihm seines aus der Hand, trank es ebenfalls aus und stellte beide auf den Boden. Danach legte sie ihre Hände um Renatos Hals und ihren Kopf auf seine Schulter. Er wagte es kaum, sie anzufassen. So standen sie da und ließen eine Lärmexplosion nach der anderen vorbeiziehen.

Bis Jessica Matter Renatos Freunde sah – sie stierten zu ihnen herüber, grinsten, machten Sprüche, waren eingeweiht; sie wussten, mit wem sich ihr Kumpel eingelassen hatte, mit einer, die sich jedem an den Hals hängte, die für eine Linie alles machte und bei der man bloß zu warten brauchte, bis sie breit genug war.

Sie löste sich von seinem knochigen Körper. »Wir holen Stoff und gehen zu dir.«

*

»Lass mich los!«

»Was glaubst du eigentlich, warum du hier auftreten konntest? An deiner Stimme liegt es ganz bestimmt nicht. Aua!«

Jessica hörte Gerumpel, als ob Möbel umgestoßen worden wären. Sie deutete Renato an, ruhig zu bleiben.

»Die Gage kannst du vergessen! Dafür musst du mehr als ein Mikro in den Mund nehmen!«

Eine Weile war es still.

»Jetzt komm schon! Nur ein kleiner Blowjob, was ist das schon? Dafür könnt ihr dann nächsten Monat wieder hier auftreten.«

Vorsichtig spähte Jessica um die Ecke. Die Tür stand einen Spaltbreit offen. Sie schob sie ganz auf.

Der Chef des Klubs versperrte mit dem Rücken zum Eingang einer Frau den Fluchtweg. Sie hatte sich in die hinterste Ecke neben den Kassenschrank verdrückt. Vor ihr lag ein umgekippter Bürostuhl. Sie hatte blaue Haare, trug einen schwarzen Minirock, zerrissene Strümpfe und Springerstiefel.

»Asya?« Jessica trat in den Raum.

»Jessy!« Der Kerl wandte sich um. Die rechte Hand hatte er auf dem Tresor abgestützt, die linke auf dem Schreibtisch. »Ihr kennt euch? Sehr gut. Dann machen wir einen flotten Dreier. Du weißt ja, wie das geht.«

Jessica nahm das Samuraischwert von der Wand. »Lass sie gehen!«

»Jessy, Jessy, Jessy! Das ist eine Attrappe, Dummerchen. Damit tust du dir nur selber weh.«

Sie holte aus und hieb mit aller Kraft auf den Tisch. In Panik zog der Typ seine Hand weg. Bei dem Aufprall zerbarst die Klinge. Die vorderen zehn Zentimeter schepperten auf den Fußboden. Der Mann konnte sich kaum halten vor Lachen, bis er das Blut sah, das vom Mittelfinger seiner linken Hand tropfte, an dem jetzt ein Teil der Kuppe fehlte, der von dem Schwert abgequetscht worden war.

Jessica begutachtete zuerst den Rest der Klinge in ihrer Hand und holte dann nochmals aus. »Öffnen!« Sie zeigte auf den Kassenschrank.

»Du Sau! Das wirst du büßen«, heulte er mit schmerzverzerrtem Gesicht.

Mit erhobenem Schwert ging sie einen Schritt auf ihn zu.

Er hob den linken Arm zum Schutz, wodurch das Blut noch stärker aus der Wunde floss.

»Eins«, zählte Jessica, »zwei ...«

»Warte!« Er duckte sich und fummelte an dem Zahlenschloss herum. Kurz darauf riss er die Tür auf.

»Weg von dem Tresor!«, bellte Jessica, doch er fuchtelte bereits mit einer Pistole. Mit aller Kraft schlug sie zu und traf ihn mit der gezackten Bruchfläche des Schwertes am Oberarm.

Blut spritzte.

Er ließ die Waffe fallen. Begaffte eine klaffende Wunde.

»Weg von dem Geldschrank, los!« Jessica drohte ihm erneut mit dem Schwert.

»Nein, nein, nicht!« Er fiel auf die Knie und kroch an die Wand.

»Mach schon, schmeiß alles, was in dem Schrank ist, hier rein!« Mit dem Fuß schob Jessica den Papierkorb auffordernd in Renatos Richtung.

Der Junge blieb wie festgeklebt stehen.

»Nun mach schon! Du kommst hier garantiert nicht ohne uns raus.«

Endlich nahm er den Papierkorb in die Hand und lief damit auf den Tresor zu. Als er hineingreifen wollte, stockte er. »Da liegt stapelweise Geld drin!«

»Einpacken! Den Stoff ebenfalls.«

»Die Knarre?«

»Willst du, dass er uns in den Rücken schießt?«

Renato räumte den Schrank aus. Plötzlich hielt er inne. »Weißt du was, Jessica? Wir sollten das fotografieren. Als Beweis, dass da Drogen drin waren. Das wird er der Polizei nämlich nicht erzählen.«

»Ich glaub, ich mag dich, Spasti!«

Er räumte alles zurück, platzierte es so, wie sie es vorgefunden hatten, und zog sein Handy aus der Hosentasche. Nachdem er einige Bilder gemacht hatte, füllte Renato den Eimer wieder.

»Jessica?« Endlich erwachte Asya aus der Angststarre. »Jessica Matter?«

»Gefällt dir die Gitarre?« Jessica deutete auf das Instrument an der Wand neben der Trompete.

»Das ist eine *Les Paul*«, stammelte Asya ehrfurchtsvoll.

»Es ist seine *Les Paul*«, präzisierte Jessica und deutete mit dem Säbel in Richtung des am Boden kauernden Klubbesitzers. »Nimm sie!«

Zögerlich ging Asya an Jessica vorbei, bestaunte die Gitarre und nahm sie aus der Aufhängung.

Jessica riss ihr Foto von der Wand. Dann zog sie den Schlüssel aus dem Türschloss und wartete, bis Asya und Renato aus dem Raum gegangen waren. Schließlich beugte sie sich über ihren blutverschmierten Exfreund. »Piss dich voll, du Arsch!«

»Du stürzt dich ins Unglück, Jessy«, schluchzte der Verletzte.

»Nein!«

*

»Sind das geile Scheiben!« Renato wühlte begeistert in der Musiksammlung von Jessicas Vater.

Aus der Anlage rotzte eine Punkband. Doch der Sänger klang bei Weitem nicht so zornig, wie Jessica sich fühlte.

Angespannt starrte sie auf die Straße. Sie war übersät mit Laub, Ästen, sogar Kleiderstücken und anderen Dingen, die der Wind weggeweht hatte. Auf dem Asphalt hatten sich riesige Pfützen gebildet.

Nachdem sie einen Blechpolizisten passiert hatten, trat Jessica das Gaspedal durch. Die Karre heulte auf, beschleunigte aber lediglich um einige läppische Stundenkilometer.

Zur Kompensation schraubte Renato die Lautstärke hoch. Er saß neben Jessica auf dem Beifahrersitz. Den Behälter mit dem Geld und den Drogen zwischen den Beinen. Die Pistole hatte er im Handschuhfach verstaut.

Jessica warf einen Blick in den Rückspiegel.

Ihre Jugendfreundin saß in der Mitte der Rückbank. Bleich, apathisch, auf dem Schoß den Hals der Gitarre, die sie in dem Club hatte mitgehen lassen.

»Das macht der Arsch immer so.« Jessica stoppte an einer Ampel. »Der interessiert sich nur für Möpse und Hintern. Mit deiner Musik hat das gar nichts zu tun.«

Der alte Motor zwang Jessica zu einem gemächlichen Start. Mitten auf der Kreuzung schob sich rechts ein gelber Seat an ihr vorbei und drängte weiter vorn in die Spur. Das Heck des Wagens schleuderte auf dem nassen Asphalt. Fluchend trat Jessica auf die Bremse.

Der Fahrer des Seats streckte eine Hand aus dem Dachfenster und winkte.

»Dein Konzert war super, findet der Musikprofessor hier übrigens.« Jessica stupste Renato in die Seite, sodass er die CD fallen ließ, die er gerade einschieben wollte. Als er nicht sofort reagierte, schubste sie ihn fester. »Nun sag schon, wie du Asyas Band fandest!«

»Ja …«, zögerte Renato, »… klasse! Ihr wart echt klasse«, stotterte er schließlich, als er Jessicas grimmigen Blick realisierte.

»Siehst du?«, triumphierte Jessica. »Wenn der Spasti das sagt, seid ihr kurz vor dem Durchbruch!«

Sie fuhren an einer Baustelle und an einem Fabrikareal vorbei, bis sie schließlich ein verbarrikadiertes Gebäude erreichten. Die Wände waren mit Parolen verschmiert. Ein zwei Meter hoher Bretterzaun umsäumte das Gelände.

Jessica parkte auf der Straßenseite gegenüber direkt neben einem BMW-Cabrio. »Hier wohnst du also.« Sie schnappte sich den Eimer mit der Beute, stieg aus und sah sich um. In dem besetzten Haus wummerte ein Bass.

Asya eilte voraus über die Straße.

Als sie auf der anderen Seite angekommen war, drehte sie sich um, starrte Jessica an, hob die gestohlene Gitarre mit beiden Händen in die Höhe und schlug sie mit voller Wucht auf den Asphalt. Beim dritten Mal brach der Hals ab, sodass ihn nur noch die Stahlsaiten mit dem Rest des Instruments verbanden.

Jessica Matter sah die struppigen Haare ihrer Jugendfreundin und die wilde Kleidung, erinnerte sich an ihre ersten gemeinsamen Modeexperimente, als jedes neue T-Shirt und jeder Lippenstift Teil von etwas Großem waren, machte einen kurzen Schritt in Asyas Richtung, hielt inne, trat erneut nach vorn, rannte los und fiel Asya um den Hals.

»Da kommt ein Streifenwagen«, flüsterte Renato.

Jessica schob Asya durch eine in den Bretterzaun eingelassene Holztür auf das Fabrikareal. Renato folgte den beiden und schob die Luke hinter ihnen wieder zu.

Apollonia übernimmt

Von der Haustür aus schaute Apollonia Hegetschwiler zu, wie ihr Exmann sich abmühte. Herbert strengte sich redlich an, doch die Rasselbande stellte ihn vor eine größere Herausforderung als die Banker, Politiker und Journalisten, mit denen er sich gewöhnlich herumschlug. Am schlimmsten waren die Zwillinge. Kaum hatte er einen davon auf den Rücksitz seines Wagens bugsiert, musste er dem anderen nachrennen.

Weil die beiden Mädchen ihre Mutter regelmäßig an den Rand des Nervenzusammenbruchs trieben, war Apollonia zuversichtlich, dass Herberts Sozialkompetenz an seinen Enkeln wachsen würde.

»Wie hast du das geschafft, Mama?« Dominique brachte ihr einen Milchkaffee. »Normalerweise lässt sich Papa doch nicht einmal an den Geburtstagen bei uns blicken.«

Apollonia wärmte ihre Hände an der Tasse. Das tat sie aus reiner Gewohnheit, nicht weil ihr kalt gewesen wäre, im Gegenteil, die Sonne brannte schon richtig.

»Ich bin gespannt, wie er mit Dario zurande kommen wird.« Dominique deutete auf ihren Sohn, der auf dem Beifahrersitz an seinem Handy herumdrückte. »Er durchläuft gerade eine unglaublich ätzende Phase. Verglichen mit ihm, sind Enya und Erin wahre Engelchen.«

»Ein Computerspiel reicht, um ihn zu beschäftigen«, entgegnete Apollonia.

»Bis er zum ersten Mal aus dem Auto steigen soll«, stöhnte Dominique. »Die Mädchen kriegt man nicht hinein, den Jungen nicht heraus.« Sie nippte an ihrem Kaffee. »Ich glaube nicht, dass Papa heute noch aus dieser Wohnung rauskommen wird.«

»Dafür machst du dir einen schönen Abend, Kind.« Apollonia lächelte zufrieden. »Theater, Kino, Oper, alles ist erlaubt, nur nicht zu Hause sitzen und Trübsal blasen.«

Nachdem sie die Geschichte mit Jessica Matter ausgebügelt hatte, war Apollonia zu ihrer Tochter gefahren und hatte Dominique und die Kinder mit der Nachricht überrascht, dass Großvatertag war für die Kleinen und kinderfrei für Mama.

»Papa tollt mit den Kindern herum, ohne ein einziges Mal sein Handy zu zücken«, wunderte sich Dominique. »Normalerweise telefoniert er pausenlos.«

»Nun, das könnte daran liegen, dass momentan ich sein Mobiltelefon für ihn aufbewahre«, antwortete Apollonia Hegetschwiler. Daraufhin ging sie ins Haus und holte Jacke, Handtasche und Autoschlüssel. Sie musste einen geschäftlichen Termin wahrnehmen. Herberts Termin.

*

Reitkleidung hatte etwas Viriles. Die engen Hosen, die hohen Stiefel. Unglücklicherweise trug David Läderach oberhalb der Gürtellinie eine orangefarbene Stoffjacke, was den Eindruck relativierte.

»Willkommen im Paradies.« Läderach übergab sein Reitpferd einem Mädchen, das es zu den Stallungen führte, und eilte Apollonia entgegen. Von Pferden beäugt, die nichts Besseres zu tun hatten. »Du siehst fantastisch aus!«

Apollonia stach ein herber Geruch in die Nase, als er sie umarmte.

»Warst du schon einmal hier? Das ist der perfekte Ort für den Pferdesport.« Es bedurfte einer ausschweifenden Handbewegung, um dem Anwesen gerecht zu werden. »Es ist alles vorhanden: ein Springplatz, eine Longieranlage, eine Reithalle, auf dem Feld da drüben finden Polospiele statt, und …«, triumphierend deutete er auf die starrenden Tiere, »in diesen Boxen stehen zwei Olympiasieger im Einzelspringen!«

»Matthias Böckler dürfte das Ganze hier vorrangig als Investition betrachten. In dieser Lage entwickeln sich die Immobilienpreise ausschließlich in eine Richtung«, schmunzelte Apollonia. Davids leuchtende Augen erinnerten sie an ihren Enkel, der ähnlich begeistert über Computerspiele sprach. »Ich kenne Böckler. Unsere Eltern waren befreundet. Ich selbst laufe ihm ab und zu in St. Moritz über den Weg. Doch auf dieses Gut hat er mich noch nie eingeladen. Möglicherweise findet er mich zu vulgär.« Sie hakte Läderach unter und entfernte sich mit ihm von den Stallungen, um sicherzustellen, dass ihr Gespräch unter vier Augen blieb.

Am Ende des Gebäudes führte ein Kiesweg einen Hügel hinauf in Richtung Wald. »Pass auf, wo du hintrittst!« Läderach lotste Apollonia Hegetschwiler an einem Haufen Pferdeäpfel vorbei. »Einen wie Matthias gibt es alle hundert Jahre einmal. Er ist Unternehmer, Financier und obendrein noch Philosoph!«

»Es gibt Menschen, die leisten Philosophisches, und andere, die sich Philosophie leisten.« In kurzen, vorsichtigen Schritten tastete Apollonia sich den Pfad entlang. »Hast du Pferde in diesem Stall?«

»Wo denkst du hin«, lachte Läderach. »Ich muss eine Familie ernähren. Außerdem habe ich gerade erst mit Reitkursen begonnen.«

Apollonia hielt sich an seinem linken Ärmel fest und stieg über einen Ast.

»Genau genommen bin ich beruflich hier: Ich schreibe Matthias Böcklers erste autorisierte Biografie«, verkündete

Läderach und gab sich keinerlei Mühe, seinen Stolz zu kaschieren.

»Du bist Böcklers Biograf?« Apollonia blieb stehen. »Hast du das nötig? Immerhin bist du Chefredakteur einer Tageszeitung!«

»Matthias Böcklers Biografie soll kein Feld-Wald-und-Wiesen-Historiker schreiben, Apollonia. Außerdem kann mir dieser Auftrag Türen öffnen.« Er ging weiter. »Doch darüber willst du bestimmt nicht mit mir streiten. Herbie hat mir mitgeteilt, dass du, wie soll ich sagen, seine Interessen vertrittst?«

»So kann man es formulieren.« Apollonia hielt einen Moment inne, bevor sie zögernd weiterging. Inzwischen waren sie am Waldrand angekommen und der Spaziergang drohte, in eine Wanderung auszuarten. »Ich rette seinen Kopf vor einem anderen Körperteil.« Einige Meter weiter stand eine Holzbank auf der Wiese. Vorsichtig bedacht, in keinen Pferdemist zu treten, steuerte sie darauf zu.

»Das ist eine seltsame Geschichte«, ächzte Läderach, als er sich neben Apollonia setzte. »Ich kann mir gar nicht vorstellen, dass Herbie so etwas tut.«

Sie legte ihre Hand auf seinen Arm. »Ich wäre dir sehr verbunden, wenn du mich nicht für dumm verkaufen würdest, David! Du bist Herberts Freund, ich bin …, ach, was sage ich da, … ich war seine Ehefrau.« Ihre Augen füllten sich mit Tränen. »Wir wissen beide, wie er ist.« Apollonia Hegetschwiler versuchte, sich auf die Umgebung zu fokussieren. In der Ferne glitzerte der See. Am Horizont zogen Wolken auf. »Ich habe alles in Ordnung gebracht. Jessica Matter verzichtet auf eine Anzeige.«

»Es tut mir leid, das sagen zu müssen, Apollonia, aber ich glaube nicht, dass die Sache ausgestanden ist. Aus diesem Grund habe ich Herbert angerufen. Ich wollte ihn warnen.

Jemand hat den Vorfall mitbekommen. Und diese Frau ist ausgerechnet eine Journalistin.«

»Nur eine?«, fauchte Apollonia bitter. »Jessica Matter ist mir vor der versammelten Schickeria um den Hals gefallen. Schreiend und mit zerrissener Bluse. Selbst ein Eunuch hätte das mitgekriegt. Herberts Ruf ist ruiniert. Und nicht nur das: Er hat meine Empfänge mit seinem Verhalten komplett desavouiert. Alkohol und Drogen werden einem heutzutage verziehen. Ein sexueller Übergriff hingegen nicht!« Unvermittelt stiegen Schluchzer in ihr auf. Sie verbarg das Gesicht in den Handflächen. »All das«, seufzte sie nach einer Weile, »all das geht vorüber, wenn Jessica Matter schweigt. Wenn sie stillhält, geht den anderen der Gesprächsstoff aus.«

»Apollonia, ich muss dir etwas anvertrauen. Etwas äußerst Unangenehmes.« David Läderach legte einen Arm um ihre Schulter. »Eine Journalistin hat die Szene gefilmt.«

Apollonia regte sich nicht, die Hände immer noch vor dem Gesicht.

»Das ist hochexplosiv. Nicht einmal so sehr wegen einer möglichen Publikation. Seriöse Zeitungen würden eine solche Aufnahme eher der Polizei übergeben, als daraus eine Geschichte zu machen. Doch früher oder später wird der Film herumgereicht. Das ist nicht zu verhindern.« Er ließ seinen Arm auf Apollonia ruhen, drückte sie sanft an sich, wartete, schaute die Gegend an und vernahm das Geräusch eines herannahenden Hubschraubers.

Matthias Böckler war im Anflug.

Es war Zeit zu gehen. Letztlich war diese Affäre nicht sein Problem. Damit müsste Herbert Merz allein klarkommen. Besondere Hilfe hatte er sich wirklich nicht verdient. David Läderach konnte nicht nachvollziehen, warum sich Apollonia ihrem Exmann so verbunden fühlte. Hatte sie dieser doch ihres Geldes und der Beziehungen wegen geheiratet und weil sie ihm eine exzentrische Aura verlieh. Denn Apollonia lebte im Wesentlichen von ihrem Erbe, betrieb zum Zeitvertreib eine Galerie und inszenierte sich ab und an selbst als Künstlerin, was jedoch niemand ernst nahm. Nachdem er durch Apollonias Beziehungen und seinen eigenen Geschäftssinn erfolgreich geworden war, hatte Herbert Merz seine Ehefrau für eine Jüngere sitzen lassen. Die klassische Karriere eines Parvenüs.

»Wie heißt die Journalistin?« Apollonia setzte sich auf.

David ließ sie los. »Zoë Schütz, eine Freie, kein großes Licht.«

Im Geist ging Apollonia die Gästeliste ihrer Party durch. »Wahrscheinlich ist sie über eine Redaktion zu uns gekommen, weil jemand anders ausgefallen ist. Sonst würde ich sie kennen.« Auf einem mit roten Streifen markierten Feld unter ihnen setzte der Helikopter soeben auf dem Boden auf. »Dein Auftraggeber ist gelandet!«

»Es gibt da noch etwas, was du wissen musst.« Wegen des Rotorlärms rutschte Läderach ganz nah an sie heran. »Herbie hat mir ein Foto zugespielt, womit er einen Politiker zu Fall bringen will. Ein äußerst kompromittierendes Bild. Herbert hat es von einer Milieufigur erhalten, Gökhan Atalay. Als Gegenleistung hat er Atalay den Verwaltungsratssitz von Elena versprochen. Davon weiß Elena noch gar nichts, weil Herbert diesen Atalay bloß über den Tisch ziehen wollte. Für Elena wäre eigentlich alles beim Alten geblieben, deshalb hat er sie erst gar nicht eingeweiht. Nach den …«, er stockte, als ob er nach den richtigen Worten suchen würde, »… nach den Vorkommnissen auf deiner Party kann ich dieses Foto allerdings unmöglich publizieren. Wenn der Absender selbst am Pranger steht, geht der Schuss nach hinten los.« Läderach atmete aus und es wirkte, als ob er erleichtert wäre, seine Bedenken losgeworden zu sein.

»Ich werde die Unterlagen deshalb also in meinem Giftschrank ruhen lassen.«

Apollonia wurde schwindlig. Auf einmal hatte sie Ohrensausen, das den Hubschrauberlärm übertönte.

Sie schnappte nach Luft. Stand auf. Rannte los. Hinaus auf die Wiese. Den Hang hinunter. Sie stolperte, fiel hin, rappelte sich auf, lief weiter. Über einen Graben auf den Kiesweg, an den Stallungen vorbei zu ihrem Wagen.

Als sie die Tür entriegelt hatte und sich auf den Fahrersitz fallen ließ, hatte sie einen Schuh verloren und den anderen ruiniert.

*

Das Trommeln auf dem Autodach klang eher nach Hagel als nach Regen. Trotzdem waren es Wassertropfen, die seit einer guten halben Stunde niederprasselten. Richtig schwere und wahnsinnig viele davon.

Apollonia war das nur recht, denn es hinderte sie daran auszusteigen. Sie hatte einen schweren Gang vor sich, verstrickte sich immer tiefer in Herberts Geschäfte und blickte in Abgründe, von deren Existenz sie niemals hätte erfahren wollen.

Obwohl der Gewitterregen die Sicht einschränkte, sah sie durch das Erdgeschossfenster des Gebäudes, vor dem sie geparkt hatte, einen Mann im dunklen Anzug, der in einem Büro hin- und herging.

Ihre Verabredung.

In ihrem Rücken befand sich eine auf Architektur und Kunst spezialisierte Buchhandlung. Vor einem Schaufenster wartete ein Pärchen darauf, dass der Niederschlag nachließ. Ansonsten sah sie niemanden, das Unwetter hatte die Straßen leer gefegt.

Apollonia Hegetschwiler fasste sich ein Herz. Sie hatte eine Distanz von wenigen Metern zu überwinden, die Welten voneinander trennten.

*

Sie war nass bis auf die Haut, legte ihre Kleider in der Garderobe ab, ging in Unterwäsche in den ersten Stock hinauf, blieb stehen und horchte. Die Mädchen schliefen bestimmt schon und Dario tippte höchstwahrscheinlich auf seinem Handy herum. Aus der Bibliothek hörte sie eine Stimme und Musik.

Apollonia Hegetschwiler ging ins Bad, nahm eine heiße Dusche, cremte sich ein, ordnete ihre Frisur, trug leichtes Make-up auf, suchte ein kurz geschnittenes Negligé aus, streifte eine lila Seidentunika darüber und schlüpfte in Sandaletten. Es war an der Zeit für einen Drink.

Herbert reckte sich auf der Coach. Wässrige Augen, ein Glas in der einen Hand, die Fernbedienung in der anderen. Seine Schuhe lagen am Boden, die Beine auf dem Beistelltisch. Daneben stand eine Whiskeyflasche. Über den Bildschirm tippelten Pinguine.

Apollonia schaltete den Fernseher aus. »Geh ins Bett.« An ihrem Martini nippend, hielt sie seinem Blick entschlossen stand, bis er sich aufrappelte, die Flasche schnappte und an ihr vorbeischlurfte. »In mein Bett, Herbert!«

*

»Alles in Ordnung mit euch beiden?« Dominique schien irritiert, dass ihr Vater immer noch da war, verklemmte sich aber jede weitere Frage. Alles in allem wirkte sie entspannt und ausgeschlafen. Sie trug ein hübsches Sommerkleid und hatte die Sonnenbrille ins Haar geschoben. Ihre Eltern saßen am Frühstückstisch auf der Terrasse. Herbert starrte eine Zeitung an, ohne sie wirklich zu lesen, Apollonia hielt ihr Gesicht in die Wärme. »Das war ein richtiger Sturm gestern! Deine Zufahrt ist mit Ästen und Laub übersät, Mama.« Im Stehen stibitzte Dominique Toast von einer Platte und belegte ihn mit Rauchlachsscheiben. »Ihr müsst mir nicht sagen, wo Dario ist. Er liegt auf dem Sofa und kämpft eine Tastenschlacht.«

»Mama!«

Dominique winkte den Zwillingen zu, die um den Swimmingpool herumtollten.

»Mama, da liegt ein totes Tier!« Erin war am Beckenrand stehen geblieben und zeigte mit einem Stock ins Wasser.

»Das ist Maggie!«, kreischte Enya entsetzt und sprang weinend die Treppe zur Terrasse hinauf. »Mama! Mama! Jemand hat Maggie getötet!«

»Selbst schuld, wenn sie nicht schwimmen kann«, rief Erin trotzig und schmiss ihren Stock in das Schwimmbecken. Dann rannte sie ebenfalls ihrer Mutter entgegen, die das Lachsbrötchen hinunterwürgte.

»Kannst du bitte nachsehen, was da los ist, Herbert?«, forderte Apollonia Hegetschwiler ihren Exmann in einem Ton auf, der keinen Widerspruch zuließ.

Herbert Merz warf die Zeitung auf die Platte mit dem Aufschnitt.

Apollonia ging zu Dominique und den Kindern. »Seid ihr sicher, dass da eine Katze im Wasser liegt? So unförmig, wie das aussieht, könnte es doch auch ein Stein sein.«

»Es ist Maggie«, verkündete Herbert im selben Moment emotionslos.

Nun weinte auch Erin. Dominique führte die beiden Mädchen ins Haus.

»Wir kaufen ein neues Kätzchen!«, rief ihnen Apollonia nach und beobachtete, wie Herbert zu dem Schuppen im Garten latschte und mit einem Kescher zurückkam.

*

»Ist jemand gestorben?« Ihr Sohn hatte nicht damit gerechnet, an einem Sonntagabend von seinen Eltern besucht zu werden.

»Nein, dein Vater war zu Besuch bei mir und bei dieser Gelegenheit fand ich, dass er wieder einmal seine Enkel sehen sollte.« Die Handtasche unter den Arm geklemmt, marschierte Apollonia in den unteren Stock des Terrassenhauses, wo sich das Wohnzimmer befand. »Wo haben sich die Lausbuben versteckt?«

Aus der Küche rannten ihr zwei Jungs entgegen.

»Lange nicht mehr gesehen.« Lukas nahm seinem Vater die Jacke ab und rümpfte die Nase, als er dessen Alkoholfahne roch. »Hast du etwas angestellt?«

»Frag lieber nicht«, brummte Herbert. Dann versuchte er, einen Gesichtsausdruck aufzusetzen, der nach Opa aussah, und stieg ebenfalls die Treppe hinunter.

*

Apollonia stellte den Motor ab, steckte den Schlüssel ein und sprang aus dem Auto. Herbert blieb sitzen.

Sie eilte zur Haustür, schloss auf und trat ein. Sie wartete. Horchte. Hörte, wie eine Autotür geöffnet und kurz darauf wieder zugestoßen wurde und wie sich schwere Schritte näherten. Sie zog Jacke und Schuhe aus.

»Kannst du mir das Kleid öffnen?«, bat sie ihn, als er zur Tür hereintrat.

»Apollonia, ich habe ein Wochenende mit unseren Enkelkindern verbracht. Ich konnte mich einwandfrei an ihre Namen erinnern. Wir haben Verstecken gespielt und Memory. Ich habe Geschichten vorgelesen. Die Kleinen sind auf meinem Rücken geritten.« Er legte seine Linke auf ihr Schulterblatt, fixierte mit Daumen und Zeigefinger den Stoff und zog mit der Rechten den Reißverschluss herunter. »Zur Belohnung habe ich von meiner Schwiegertochter eine feministische Abreibung erhalten.« Er trat einen Schritt zurück. »Gib mir jetzt bitte mein Handy und meinen Schlüsselbund zurück!«

Wogenden Ganges ging Apollonia in Richtung Treppe, öffnete die letzten Zentimeter des Reißverschlusses und streifte ihr Kleid ab.

*

Apollonia Hegetschwiler schreckte auf. Sie lag allein im Bett. Hörte Schritte im Flur. Sie erhob sich so leise wie möglich und zog ihr Nachthemd über. Ohne Licht zu machen, tastete sie sich vorwärts. Wieder ein Geräusch, diesmal, als wäre die Haustür ins Schloss gefallen. Sie tappte die Treppe hinunter. Mondlicht und Straßenbeleuchtung zauberten ein Schattenspiel auf den Boden.

An der Tür angekommen, sah sie, dass die Alarmanalage ausgeschaltet war. Sie drückte die Klinke herunter, trat in die Nacht hinaus und sah gerade noch, wie Herbert die Auffahrt hinunterhuschte.

Apollonia schloss die Tür wieder. Anschließend ging sie in ihr Büro und öffnete den Tresor an der Wand. Herberts Handy war noch da, ebenso sein Schlüsselbund und der Briefumschlag mit Roman Kesslers Nacktfoto, das sie Läderach doch noch abgeluchst hatte.

Sie schloss den Schrank und änderte den Zahlencode. Dann sah sie einen gelben Zettel auf dem Boden liegen. Wahrscheinlich war er an die Safetür gehaftet worden und heruntergefallen. Sie hob ihn auf.

Herberts Schrift. Schwungvoll.

Das nächste Miezekätzchen wird genauso jämmerlich verrecken, stand auf dem Papier.

Zoë macht sich frei

Ihre Kollegin ließ sich wöchentlich frisieren, Zoë Schütz jeden Monat. Allerhöchstens.

»Wie ich deinen Mut bewundere! Für mich fände ich eine solche Haarfarbe viel zu kühn.«

Zoës Sitznachbarin war Kolumnistin bei einer Tageszeitung. Ab und zu trafen sie sich auf einen Schwatz. In einem Café in der Innenstadt oder, wie an diesem Samstagmorgen, in dem Friseursalon, in dem sich Zoës Journalistenkollegin in immer kürzer werdenden Abständen eine dunkelbraune Tönung verpassen ließ.

»Käme ich als Paradiesvogel zur Arbeit, würde ich gefragt, ob sich mein Mann von mir getrennt hat oder ob sich die Wechseljahre ankündigen. Sieh dich vor, Zoë, denn es braucht nur einen ganz kurzen Augenblick übermütiger Ausgeflipptheit und schon gehst du durch die Hölle!«

Zoë war dazu verdammt zuzuhören, denn der Salon war nur so groß wie ihre Küche. Im Übrigen war es kein beliebiges Etablissement, sondern einer der bekanntesten Friseursalons der Stadt, wofür Zoës Kollegin verantwortlich war.

Wortreich und im Wochenrhythmus berichtete sie von tatsächlichen oder erfundenen Erlebnissen unter der Haube und hatte sich so einen Ruf erschrieben, der andere Medien dazu brachte, sie als ›Chronistin urbanen Zeitgeistes‹ zu feiern.

Daneben erblasste Zoë, die geübt darin war, neben ihrer wortgewaltigen Kollegin übersehen zu werden, seit die beiden ihr Praktikum in derselben Redaktion absolviert hatten. Zur Kompensation wurden Zoë Aufträge weitergereicht, für die sich die andere zu schade war. Das war selten glamourös, aber gut bezahlt. Dafür lohnte es sich, den Kopf hinzuhalten.

»Dabei sind farbige Haare heutzutage doch gar nichts Besonderes mehr, wenn sogar die Rechten Punkerfrisuren tragen! Stell dir vor, du lernst so einen feurigen Kerl mit Irokesenschnitt kennen. Einen ganz knackigen«, flüsterte die Frau über die Stuhllehne gebeugt in Zoës Richtung. »Du schleppst ihn ab, oder noch besser, er dich, ihr habt wunderbaren Sex, er ist zärtlich und aufmerksam, erschöpft und glücklich teilt ihr euch eine Zigarette, und dann fragt er dich plötzlich, ob du nicht auch der Meinung seist, dass das doch gar nicht so schlimm war damals mit den sechs Millionen Juden.«

Zoë schmunzelte höflich, Jean-Jacques, der Friseur, krümmte sich vor Lachen. Es dauerte eine Weile, bis er sich so weit beruhigt hatte, dass er mit beiden Händen einen Spiegel halten und seiner Kundin sein Werk vor Augen führen konnte.

»Überhaupt lösen sich alle Grenzen auf. Heute kannst du doch kaum noch Erwachsene von Teenies unterscheiden, die sehen irgendwie alle gleich aus.« Kritisch beäugte sie ihre Frisur. »Die ist perfekt wie immer.«

Mit einer Bewegung, als hätte sie ihm gerade über den Kopf gestreichelt, hängte Jean-Jacques den Spiegel wieder an den Haken. »Gehen wir rauchen?«

»Unbedingt! Ich bin ganz wirbelig vor Nikotinentzug.« Sie erhob sich und marschierte zum Ausgang. »Lauf mir nicht weg, Zoë!«

Zoë betrachtete ihr Spiegelbild.

Sie war Mitte dreißig. Sie war dick. Sie hangelte sich von Auftrag zu Auftrag. Sie wohnte in einer zu engen Wohnung. Sie kaufte Kokain, um ihre Mitbewohnerin zu beeindrucken.

Atalay legte die Brieftasche auf den Küchentisch und setzte sich hin. Zoë warf Sondra einen fragenden Blick zu, die ihr mit einem Schulterzucken bedeutete, dass sie selbst keine Ahnung hatte, was zu tun war. Schließlich folgte Zoë Atalay und lehnte sich mit dem Rücken an den Herd.

Sondra blieb an der Tür stehen. »Geh ein bisschen spielen«, schickte sie Odin weg, der sich schon wieder an ihre Beine schmiegte und nur widerwillig zurück in sein Zimmer marschierte. Vorsichtshalber schloss sie die Tür.

»Was kann ich dafür, wenn Merz austickt?«, eröffnete Zoë das Gespräch, weil sie die Spannung nicht aushielt. »Die Frau hat geschrien, dass er aufhören soll. Aber Merz hat sich auf sie gestürzt, ihr den Slip heruntergerissen. Vergewaltigung ist kein Kavaliersdelikt!«

»Noch nie gewesen«, bellte Sondra dazwischen. »Wenn es mit rechten Dingen zugehen würde.«

»Zweifellos«, stimmte Atalay zu. »Doch wenn es Ihnen um Gerechtigkeit ginge, hätten Sie das Video zur Polizei gebracht und nicht den Boulevardmedien angeboten.« Seine rechte Hand tätschelte die Brieftasche.

Er hatte einen festen Blick. Sondra lief es kalt den Rücken hinunter.

»Bei Vergewaltigungen kommt es selten zur Verurteilung. Reiche Säcke mit Beziehungen kommen erst recht davon«, verteidigte sich Zoë. »Aber nicht, wenn die Welt erfährt, was für ein Schwein Herbert Merz in Wirklichkeit ist!«

»Die Welt, in der Merz sich bewegt, weiß das bereits.«

»Darum kann er Frauen anfallen, wie es ihm gefällt?« Sondras Blick klebte an der Brieftasche, doch mit ihrer Stimme stand sie Zoë bei.

Gökhan Atalay schmunzelte. »Sind Sie Partnerinnen?« Sein Zeigefinger wanderte zwischen den beiden hin und her. »Geschäftspartnerinnen? Lebenspartnerinnen?«

»Wir teilen uns die Wohnung«, antwortete Zoë hastig. »Mit den Redaktionen verhandle ich alleine. Die haben Interesse an der Wahrheit über Herbert Merz.«

»Sie bieten den Zeitungen nicht die Wahrheit an, sondern ein Schmuddelvideo«, lachte Atalay nun offen. »Sie wollen nicht Herbert Merz in die Schlagzeilen bringen, sondern sich selbst. Die edle Rächerin nehme ich Ihnen nicht ab.« Er verschränkte die Arme. »Abgesehen davon haben Sie außer einem verwackelten Filmchen nichts in der Hand. Keine herzergreifenden Zitate des Opfers, keine dramatischen Zeugenberichte, keine windigen Ausreden von Merz.«

»Mama, mir ist langweilig!«

Sondra zuckte zusammen. »Ich zeige dir ein Spiel auf meinem Handy«, wandte sie sich Odin zu und verschwand aus der Tür.

»Diese ganzen Aussagen werde ich mir noch besorgen.«

»Sie sollten Ihr Glück im Casino versuchen und nicht im Journalismus.« Er erhob sich, drehte sich um und schaute aus dem Fenster. »Mit dem Opfer hat sich Apollonia Hegetschwiler längst geeinigt. Bei den anderen Gästen prallen Sie auf eine Mauer des Schweigens.«

»Was wollen Sie eigentlich von mir?« Zoës Stimme überschlug sich. Ihr Kopf glühte, die Hände zitterten.

Seelenruhig wandte sich Atalay um. Er ging zum Tisch, nahm einen Umschlag aus seiner Brieftasche, öffnete ihn und legte einen Geldschein auf den Tisch. »Sie waren zum richtigen Zeitpunkt am richtigen Ort und haben das Richtige getan.« Ein zweiter und dritter Schein folgten.

Zoë biss sich auf die Unterlippe.

Atalay blätterte einen Tausender nach dem anderen vor sie hin und zählte dabei laut mit. Nachdem er zwanzig Scheine entnommen hatte, legte er den Umschlag zurück in die Brieftasche und versorgte sie in seinem Jackett. Er ordnete das Geldbündel fein säuberlich und schob es zu Zoë hinüber.

»Wir löschen den Film gemeinsam. Auf Ihrem Handy, auf Ihrem Laptop, auf Ihrer Festplatte, auf einem Server, wo auch immer er gespeichert ist. Sie geben mir Ihr Wort darauf, dass keine weitere Kopie existiert und dieses Video nie mehr auftauchen wird. Anschließend machen Sie sich mit Ihrer Partnerin ein wunderschönes Wochenende.«

»Komm schon!« Mit Zoës Notebook unter dem Arm stürmte Sondra in die Küche. »Hol dein Handy!«

»Was, wenn ich das Geld nehme, aber nicht alle Kopien lösche?« fragte Zoë.

»Dann komme ich wieder und hole meine Autogrammkarte zurück.«

Sondra ließ den Laptop fallen.

*

»Wie viel?«

Zoë legte den Butterzopf auf den Boden. Einen Tisch gab es nicht. Ein Sofa, ein Fernseher, ein Kühlschrank, das war alles.

Vom Fenster aus blickte man auf eine Brücke. Zoë Schütz befand sich auf derselben Höhe wie die vorüberrasenden Fahrzeuge. Das Licht der Scheinwerfer verschwamm vor ihren Augen.

»Geile Haarfarbe.«

Draußen rollte ein Bus vorbei. In seinen Scheiben spiegelte sich die Leuchtreklame des Schnellimbisses, die an der Hauswand blinkte.

»Hey!« Norman tippte auf ihre Schulter. »Wie viel?«

»Nicht mehr als sonst. Das meiste zieht sich sowieso meine Mitbewohnerin rein.«

»Du bist zu gutmütig, Barbarella.« Er machte einen Satz über das am Boden liegende Gebäck hinüber auf das Kanapee. Anschließend versuchte er eine halbe Ewigkeit, das Handy aus der Hosentasche zu klauben. »Du solltest dich nicht ausnutzen lassen. Es gibt keinen Opferrabatt.« Er wählte eine Nummer. »Einmal Barbarella bitte«, bestellte er dann. »Wie immer. Keine Zwiebeln, null scharf.« Norman steckte das Handy wieder weg und legte die Arme auf die Rücklehne. »Zwei Lappen«, forderte er.

Zoë wandte sich vom Fenster ab und musterte ihn. Blitzblanke Turnschuhe, Jeans, unter denen sich die Oberschenkelmuskeln abzeichneten, die Knie weit auseinandergedrückt, ein enges T-Shirt, eine schwarze Wollmütze. »Findest du mich hässlich?«

Wenn er nicht im letzten Augenblick den Mund noch zugebracht hätte, wäre sein Kiefer zwischen die Oberschenkel gefallen. Er zog sich die Kappe ins Gesicht.

Es hatte eine Ewigkeit gedauert, bis Atalay überzeugt gewesen war, dass alle Dateien gelöscht waren. Weil Sondra Zoës Computer kaputt gemacht hatte, hatte Atalay die meiste Zeit seines Besuchs versucht, die Maschine wieder in Gang zu bringen, bevor er eingesehen hatte, dass die Festplatte futsch war.

»Weißt du, was ich meiner Mitbewohnerin erzähle?«

Kopfschüttelnd setzte Norman die Kappe wieder richtig auf.

»Dass ich das Pulver immer von einem Liebhaber geschenkt kriege.«

»Krass!« Zerstreut kratzte er sich zwischen den Beinen, hielt jäh inne, als ob er realisiert hätte, was er gerade tat, setzte sich aufrecht hin und presste die Knie zusammen.

»Sondra sieht gut aus, hat überdrehte Freundinnen, macht nächtelang Party, schleppt nach Belieben Männer ab, hat einen wunderbaren Sohn und einen liebenswürdigen Kindsvater, den sie piesackt, so oft es nur geht. Also musste ich etwas erfinden, worauf sie wirklich neidisch ist.«

»Stopp!« Norman sprang auf. »Ich arbeite hier. Das ist mein Geschäft. Meine Dienststelle. Mein Headquarter. Wir sind Vertragspartner. Du kaufst, ich verkaufe. In einer solchen Beziehung gibt es keinen Platz für Intimitäten!« Mit verschränkten Armen starrte er sie an. Ihre Haare vor allem.

»Wo kriege ich den Stoff?«

»Mein Außendienstmitarbeiter wird ihn dir am selben Ort wie immer aushändigen.«

Zoë gab ihm das Geld. »Warum nennst du mich eigentlich Barbarella?«

»Das ist ein Alias. Alle meine Kundinnen haben einen: Amidala, Neytiri, Leia. Das macht es persönlicher.«

Zoë ließ den Butterzopf liegen und ging.

*

Zoë stand auf der untersten Stufe einer breiten Treppe, auf der sich bei schönem Wetter Jugendliche gelümmelt hätten. An diesem Abend war sie allein. Es war zu nass, um herumzusitzen, und zu dunkel, um von der Flussströmung mehr zu sehen als eine wogende Masse. Über ihr rauschte der Verkehr über die Brücke, vor ihr tosten die im Regen angeschwollenen Fluten.

Wegen der Geräuschkulisse hörte sie ihr Handy nicht klingeln, fühlte es jedoch vibrieren. Sie zog das Telefon hervor und betrachtete die Anzeige.

Sondra wurde ungeduldig. Das Gefühl, etwas zu verpassen, würde umso stärker werden, je länger Zoë fortblieb.

Sie drückte den Anruf weg.

*

Man musste durch ein Fenster in einen tiefer gelegenen Raum hinuntersteigen. Anders gelangte man nicht in die Ausstellung hinein. Denn die Hausbesetzer hatten bis auf einen einzigen sämtliche Eingänge verbarrikadiert. Offensichtlich rechneten sie mit der baldigen Räumung durch die Polizei.

»Hey, megacoole Haarfarbe!« Anna Tina plauderte mit einem Mann, als Zoë hinzustieß. »Das ist Timo«, stellte Anna Tina ihn vor. »Er hat die Fotos geschossen, die dort hinten ausgestellt sind.« Sie deutete auf einen Durchgang am Ende der Halle. »Die musst du dir ansehen!«

Alles an dem Fotografen war knochig. Nur seine Augenpartie wirkte weich.

»Mach ich. Aber wo hängen denn deine eigenen Bilder?«

Anna Tina zeigte auf eine Serie an der Wand in Zoës Rücken. Dort waren in drei Reihen kleine Zeichnungen angeordnet.

Aus der Distanz konnte Zoë nicht erkennen, was sie darstellten. »Toll!«

»Sondra sitzt vermutlich zu Hause und nervt sich und andere, was?«

Zoë nickte. Sie sah den Schalk in Anna Tinas Augen und versuchte, möglichst unbekümmert auszusehen.

»Geht es dir gut?«

»Geht so«, brummte sie.

Anna Tina gab dem Fotografen einen Wink. Er trollte sich in Richtung Bar. Daraufhin legte sie einen Arm um Zoës Schulter. »Bevor sie dich aussaugt, musst du Sondra auf Distanz halten! Sie hat kein Gefühl für die Bedürfnisse anderer.«

Gemeinsam schlenderten sie zu Anna Tinas Bildern.

Es waren lauter Akte, wobei die abgebildeten Menschen alle irgendwie verkrüppelt waren.

Einigen fehlten Extremitäten, andere wiederum hatten zu viele.

»Porträtierst du mich auch mal?«, fragte Zoë.

*

Der Fotograf musste Anna Tinas Straßenkater sein. Auf jeden Fall war er ein ästhetischer Streuner, der Tierkadaver fotografierte, die an einem Straßenrand verendet oder dort von jemandem deponiert worden waren.

Mit scharfen Kontrasten inszenierte er den Effekt eines zufälligen und gewaltsamen Todes als brutale Transformation von Natur in Zivilisationsmüll. Jedenfalls war dies seine Erklärung, als sie gemeinsam durch die Ausstellung gegangen waren.

Anna Tina und ihr Freund sprachen mit einer Ernsthaftigkeit von ihrer Arbeit, die Zoë beschämte, wenn sie daran dachte, dass sie sich hauptberuflich mit Prosecco und Gesellschaftsklatsch beschäftigte. Nachdem sich die beiden verabschiedet hatten, weil sie auf die Party einer gemeinsamen Freundin eingeladen waren, bestellte Zoë ein Bier.

Der Barmann trug eine schwarze Militärhose und eine Kapuzenjacke. Er hatte auch vegane Sandwiches und politische Flugblätter im Angebot. So weit erfüllten er und sein Sortiment die Erwartungen an das äußere Erscheinungsbild einer Hausbesetzung.

Was Zoë überraschte, war die Vielfalt des Publikums. Es war zwar mehrheitlich jung, doch sie sah auch ältere Semester. Ausländer in von Hilfswerken zusammengewürfelter Kleidung waren wegen der erschwinglichen Preise und fehlenden Polizeikontrollen hier. Einige andere Gäste hätte Zoë eher im Theater oder im Kino anzutreffen erwartet. Noch bemerkenswerter war der Besucheranteil in Klamotten angesagter Modelabels. Obwohl ihr diese Klientel vertrauter war als die Hausbesetzer in ihrer Straßenkampfästhetik, hob sich Zoës Stimmung dadurch nicht besonders.

Der Innenhof war durch den Regen in einen Schlammtümpel verwandelt worden. Auf die Wände gerichtete Bauscheinwerfer erzeugten eine düster-romantische Szenerie, deren Kulissenhaftigkeit durch die Bemalung und Beschriftung der Hausfassade verstärkt wurde.

Über einen improvisierten Holzsteg balancierte Zoë von einem Gebäude in das andere. Im Keller wummerte ein Bass. Sie ließ sich von der Vibration leiten und fand sich in einem Gewühl aus ekstatisch tanzenden Leuten wieder. Auf einer Bühne tobten zwei als Männer verkleidete Frauen mit angeklebten Schnurrbärten herum. Mit schnellem Techno und lautem Sprechgesang hämmerten sie auf das Publikum ein. Der Boden war glitschig vor Dreck und von beim Tanzen verschüttetem Bier. Von der Decke tropfte Kondenswasser.

Zoë bahnte sich einen Weg zur Bar. Auch nach längerer Suche entdeckte sie kein bekanntes Gesicht. Sie nuckelte an ihrem Bier. Noch eines brachte sie unmöglich hinunter, aber nach Prosecco oder Champagner zu fragen, getraute sie sich nicht.

Da wurde sie angerempelt. Irgendjemand schrie ihr etwas Unverständliches ins Ohr. Als sie wieder aufschaute, hatte sie einen Drink vor sich. Es sah aus wie Gin Tonic.

Sie wandte sich um und stand Jessica Matter gegenüber, die sie ausgelassen anstrahlte, »Nachbarin« schrie und etwas anfügte, was Zoë nicht verstand.

*

»Ich bin Journalistin und war am Freitagabend auf Apollonias Fest. Ich habe gesehen, was Merz gemacht hat.«

Zoë war Jessica in einen Nebenraum gefolgt, der mit Sofas vollgestopft war, über denen eine dicke Rauchwolke schwebte. Jessica hatte zwei Jungs verscheucht und sich mit Zoë neben ein Pärchen gesetzt, dem sie Drinks mitgebracht hatte. Ein wild aussehendes Punkmädchen, das sich an einen knabenhaft wirkenden Jungen mit Brille und Polohemd schmiegte.

»Ich reiße diesen Minushelden auf, gehe tanzen und Nachschub holen und schon krallt ihn sich meine ehemals beste Freundin«, kreischte Jessica. Sie prostete den beiden zu.

Zoë sah ihnen an, dass sie nicht mehr so in Partystimmung waren. Kuscheln in irgendeiner ruhigen Ecke wäre ihnen lieber gewesen.

»Verräter seid ihr, alle beide!«, schimpfte Jessica weiter. Ihr Lachen war schrill und gleichförmig wie eine Sirene. Nebenbei wühlte sie in einer Plastiktüte herum, die zwischen ihren Beinen auf dem Boden lag. Zoë sah, dass sie voller Pillen und Pulver war. Dagegen kam sie sich spießig vor mit der einen Linie, die sie intus hatte.

»Ich war dabei am Freitag. Ich habe gesehen, dass Merz versucht hat, dich zu vergewaltigen.«

Unbeirrt klaubte Jessica ein Beutelchen mit weißem Puder aus der Tüte. Über den Beistelltisch gebeugt, bereitete sie auf einer CD-Box vier Linien zu. Als sie fertig war, schnüffelte sie eine davon. Anschließend hielt sie Zoë die Box hin.

Zoë lehnte ab, sie brauchte alle noch verfügbaren Sinne.

»Dann halt nicht.« Mit einem trotzigen Schulterzucken zog sich Jessica das Koks selbst rein und gab den Rest den anderen beiden, die ihn sich teilten. Gleich darauf nahm sie einen tiefen Schluck aus ihrem Glas. »Ihr Schnarchzapfen!« Fahrig hielt sie nach unterhaltsamerer Gesellschaft Ausschau, wurde aber nicht fündig. »Lauter Ökos und Ödlinge«, wetterte sie. »Die Tussen haben Dauerperiode. Ich bin die einzige Premiumbraut hier! Aber ich will keinen Kerl haben, nein, nein, nein, selbst wenn er den knackigsten Knackarsch der Arschzone hat!« Grinsend ließ Jessica ihren Kopf auf die Rücklehne des Sofas sinken und strahlte die Decke an.

»Jessica, ich muss dir etwas sagen.« Zoë gab sich einen Ruck und lehnte sich zu Jessica hinüber. »Es tut mir so leid, was passiert ist … wirklich, ich … ich schäme mich! Ich habe alles gesehen … alles, von Anfang an … dich und Merz. Aber ich habe bloß zugeschaut, habe … habe dir nicht geholfen und … und nur an die Schlagzeile gedacht, die ich kriege, wenn ich Merz in die Pfanne haue.« Sie suchte nach einer Reaktion in Jessicas Gesicht, doch die grinste weiterhin ins Nirgendwo hinauf. »Die haben mir Geld gegeben, damit ich stillhalte. So …so eine Art Schweigegeld. Zwanzigtausend!«

Angespannt fixierte sie Jessicas Gesichtszüge. Sah bleiche Haut, einen zarten weißen Flaum unterhalb der Schläfe, darüber eine strähnige Mähne, die schon länger nicht gezähmt worden war, verschmiertes Make-up, dunkle Ringe oberhalb des Jochbeins und blutunterlaufene Augen. Das Grinsen riss tiefe Furchen in die Wangen, wirkte starr, wie eingemeißelt, bis Zoë eine allmähliche, Jessicas Mimik millimeterweise verändernde Bewegung wahrnahm. Zunächst kaum merklich, rötete sich Jessicas Haut, dann sträubten sich ihre feinen Härchen, schließlich senkten sich die Mundwinkel, bis Zoë eine wütende Fratze vor sich sah.

»Hau ab!« Mit beiden Händen griff Jessica in Zoës orangelila gemustertes Haar und zerrte an den Büscheln, die sie zu fassen kriegte. Dazu stieß sie grelle, zornige Schreie aus.

Zoës Herz raste, ihr Körper wurde von einem einzigen kalten Schauer überzogen, die Kopfhaut schmerzte so fürchterlich, dass ihr die Tränen kamen.

Jessica ließ sie los, sprang auf, griff nach ihrem Gin-Tonic-Glas, schmetterte es gegen die Wand. »Hure, Hure, Hure!«

Entsetzt flüchtete sich Zoë ans andere Ende des Sofas.

»Verpiss dich!« Jessica krallte sich eine Handvoll der mit Drogen gefüllten Beutel aus der Plastiktüte und warf damit nach Zoë. »Kriech weg, du schleimige Schnecke!«

Zoë rannte los, durch die in einem orgiastischen Lichtgewitter zuckenden Körper der Tanzenden hindurch zur Treppe und von da zurück ins Erdgeschoss.

Ein heller Schimmer am Himmel kündigte den anbrechenden Tag an. Über den Dächern zwitscherten Vögel, aus der Ferne vernahm sie die ersten Vorboten des Sonntagsverkehrs. Zoë fühlte sich scheußlich, schmutzig, schuldig.

Sie gelangte zu einem Holzzaun und schlüpfte durch eine Öffnung hindurch auf die Straße, wo eine zerbrochene Gitarre lag. Im Licht einer Laterne sah Zoë, dass ihr T-Shirt von weißem Staub überzogen war. Einer der Kokainbeutel, die Jessica auf sie geworfen hatte, war geplatzt.

*

»Hier!« Sie schmiss das Briefchen Kokain, das sie am Vorabend gekauft hatte, auf den Küchentisch. »Ich bin fertig damit.«

»Was ist das, Mama?«

»Nichts für kleine Jungs.« Bevor Odin den Stoff zu fassen kriegte, packte Sondra ihn weg. Dabei strafte sie Zoë mit einem Blick ab, der böse und gehässig war, aber umso unsicherer wurde, je länger Zoë standhielt.

Zoë stellte eine Glaskanne auf den Tisch und schüttete Kaffeepulver hinein, bis der Boden zwei Zentimeter hoch bedeckt war. Nachdem sie sich versichert hatte, dass die

Kanne außerhalb Odins Reichweite war, versorgte sie die Kaffeedose wieder. »Ich ziehe aus.«

Während Odin unbekümmert in seinem Teller nach Rosinen suchte, erstarrte Sondra. Ihre Augen verengten sich, der Rücken wurde steif. »Das ist nicht notwendig«, entgegnete sie schnippisch, ein triumphierendes Lächeln auf den Lippen. »Odin und ich bekommen nämlich die Wohnung über uns! Die Modetusse fliegt raus. Bald haben wir drei Zimmer für uns allein, mein Hübscher«, flötete sie in Odins Richtung, der nicht verstand, worum es ging, angesichts der überschwänglichen Zuwendung aber fröhlich gluckste.

»Ach so?« Zoë wartete darauf, dass das Kaffeewasser anfing zu kochen, doch es dauerte noch einen Moment. »Wann wolltest du das mit mir besprechen? Ich kann diese Wohnung nämlich nicht alleine finanzieren.«

Sondra beschäftigte sich mit ihrem Sohn. Schon wieder hatte sie ihre Haare zu albernen Pippi-Langstrumpf-Zöpfen geflochten. »Iss dein Müsli auf, Schatz! Etwas anderes gibt es nicht. Den versprochenen Butterzopf hat Madame uns nämlich nicht gebracht.«

»Ich habe noch eine Kopie.« Aus der Tasche ihres Bademantels zog Zoë eine Speicherkarte, die sie in der Schublade mit der Unterwäsche versteckt gehalten hatte.

»Die Kopie eines Butterzopfes?«, giftete Sondra. »Wir wünschen guten Appetit! Odin und ich gehen jetzt nämlich an den See. Dort leisten wir uns feine Pommes, nicht wahr, Schätzchen?«

»Au ja, au ja!« Begeistert klatschte der Junge in die Hände und verteilte dabei das Birchermüsli auf dem Tisch.

»Pommes rot-weiß. Knallige Farbkombinationen haben wir lieber auf dem Teller als in den Haaren«, zischte Sondra böse.

»Eine Kopie des Filmes.« Unbeeindruckt steckte Zoë die Karte wieder weg. »Ab sofort lasse ich mich nicht mehr herumkommandieren. Von dir nicht und auch sonst von niemandem.«

»Aber der Typ hat doch gesagt, dass ...«, entgegnete Sondra. Obwohl sie beinahe flüsterte, hatte ihre Stimme einen hysterischen Unterton angenommen.

Dass Atalays Drohung Odin gegolten hatte, war Zoë klar. Dass dem Jungen Böses zustieß, war das Letzte, was sie sich wünschte, und sie war sich auch gar nicht schlüssig, was sie mit der übrig gebliebenen Kopie des Filmes machen sollte. Sie hatte das Thema lediglich deshalb ins Spiel gebracht, weil sie sich Sondras herrischer Überheblichkeit nicht anders zu erwehren wusste.

Sie steckte ihre linke Hand in die Tasche und befühlte die Speicherkarte. Letztlich hatte sie keine Vorstellung davon, was geschehen würde, wenn sie das Video veröffentlichte. Ob es überhaupt jemanden interessierte, ob es sie zur Schmuddeljournalistin abstempelte, ob sie Merz' perfider Anbaggerei dadurch ein Ende setzte und ob Jessica Matter es guthieße, falls sie jemals wieder nüchtern sein sollte, waren Fragen, angesichts derer Zoë nichts anderes empfand als Scham darüber, dass sie es so weit hatte kommen lassen.

Sie schreckte aus ihren Gedanken auf, weil der Topfdeckel über dem siedenden Wasser klapperte. Zerstreut nahm sie mit der rechten Hand den Pott vom Herd.

»Gib mir den Film!« Sondra war aufgesprungen und hatte sich vor Zoë aufgebaut.

Odin war mucksmäuschenstill, konnte die Gestik seiner Mutter nicht deuten und fing an zu weinen, als Sondra Zoë anbrüllte.

»Gib mir den Film! Ich habe dich lange genug durchgefüttert, dich meinen Freundinnen vorgestellt, Männern sogar. Aber selbst wenn sich einer erbarmen würde, wüsstest du nichts mit ihm anzufangen! Los, gib mir jetzt das Video, du erbärmlicher Fettfleck!« Sie griff nach Zoës linker Hand, die immer noch in der Manteltasche steckte.

*

Diejenigen Nachbarn, die nicht von den Sirenen alarmiert worden waren, trieb spätestens das flackernde Licht der im Hof parkenden Rettungsfahrzeuge an die Fenster und auf die Balkone. In der Küche heulte Odin. Sondra war verstummt. Ihre Schreie hallten in Zoës Gewissen nach. Das Kaffeewasser hatte Sondras Gesicht verbrüht.

Zoës Fersen waren in der Dachrinne eingehakt, die Zehen lugten über das Kupfer hinaus, Po und Rücken lagen auf den Ziegeln, die noch feucht waren, obwohl es seit Stunden nicht mehr regnete. Über ihr brachen die Sonnenstrahlen durch die Wolkendecke, unter sich sah sie den äußeren Rand des Balkons, von wo aus eine Streifenpolizistin zu ihr heraufstarrte.

Zoë kramte die Speicherkarte hervor, die sie zwischen ihren Oberschenkeln vorsichtig auf das Dach legte. Als sie losließ, schlitterte die Karte über die Ziegel in die Rinne und blieb zwischen Zoës Füßen liegen.

Sie streifte den Morgenrock ab und warf ihn über die Dachkante. Jemand kreischte, als der Stoff zu Boden segelte. Zoë kniff die Augen ein wenig zu und blinzelte in die Sonne. Sie sehnte sich nach einem Feuer, das alle Gedanken in ihrem Gehirn verbrannte.

Dann knöpfte sie die Jacke des Schlafanzuges auf, die etwas mehr im Wind flatterte als der schwere Frotteemantel. Als sie die Hose auszuziehen versuchte, rutschte sie mit dem linken Fuß aus, konnte sich aber auf dem Dach halten. Allerdings hing ihr die Pyjamahose jetzt in den Kniekehlen. Zoë streckte sich und bewegte vorsichtig ihre Beine, bis der

Stoff auf die Knöchel hinuntergerutscht war. Danach schüttelte sie die Hose zuerst von einem Fuß ab, anschließend vom anderen. Einen Augenblick noch hing ihr letztes Kleidungsstück an der Dachrinne fest, dann verschwand es aus ihrem Blickfeld.

Zoë breitete die Arme aus.

Patrick entscheidet sich

Er balancierte eine übervolle Kaffeetasse durch den Korridor, als der Anruf kam. Während er in der einen Hand das Geschirr hielt, fischte Patrick Bürgi mit der anderen das Handy aus der Jackeninnentasche. Weil er gleichzeitig die Tür zu seinem Büro aufstieß, verschüttete er einen Teil des Getränks und verbrannte sich Daumen und Zeigefinger. Fluchend versuchte er, so schnell und so erschütterungsfrei wie möglich seinen Schreibtisch zu erreichen. Dort stellte er die Tasse auf ein Merkblatt des Bezirksgerichts zum Thema ›Gemeinsame elterliche Sorge als Regelfall‹. Als ob sich das Papier der Durchlässigkeit juristischer Formulierungen angepasst hätte, saugte es sich mit Kaffee voll.

Mit Sicherheit hatte ihm Roberto Strick dieses Traktat auf das Pult gelegt. Strick wurde ein umso fanatischerer Männeraktivist, je mehr Enttäuschungen er als Polizist einstecken musste. Seit ihm eine Frau als Fachgruppenleiterin vorgezogen worden war, kämpfte Strick erst recht gegen die Zerstörung der Familie und die Verharmlosung von Frauengewalt. Sein neuestes Projekt war die Gründung einer antifeministischen Gruppe innerhalb des Polizeibeamtenverbandes. Selbst beim Angeln referierte er über männerdiskriminierende Behördenentscheide. Am Ende wunderte er sich, dass die Forellen nicht bissen.

Eine Streife meldete, dass eine geistig verwirrte Frau in der Nähe der Sexboxen eine Verletzte aufgefunden und diese mit zu sich nach Hause genommen hatte, anstatt den Notruf zu verständigen. Ein Taxifahrer hatte ihr zunächst geholfen, danach aber die Polizei verständigt. Weil die verletzte Frau möglicherweise einem Verbrechen zum Opfer gefallen war und die verwirrte Frau sich eventuell eines solchen schuldig gemacht hatte, ihr zumindest unterlassene Hilfeleistung, vielleicht auch Freiheitsberaubung zur Last gelegt würden, musste der zuständige Detektiv ausrücken.

Patrick Bürgi schloss die Schublade seines Schreibtisches auf und nahm die Dienstwaffe heraus. Er steckte die Pistole in sein Gurtholster, überdeckte dies mit dem Hemd, zog die Jacke an, versicherte sich, dass die Waffe nicht sichtbar war, und verbrannte sich zum guten Schluss auch noch die Lippen an seinem Kaffee.

*

»Guten Morgen, Frau Blumer. Mein Name ist Bürgi, Patrick, Stadtpolizei Zürich. Verstehen Sie mich, Frau Blumer?«

Kerzengerade saß die Frau auf ihrem Sofa. Kein billiges Teil, es passte zu der restlichen Einrichtung. Die Möbel legten die Vermutung nahe, dass Zeit kostbarer gewesen war denn Geld, als die Wohnung ausgestattet worden war. Sah man von den herumliegenden Medikamentenpackungen ab, fehlte Persönliches. Kein Familienfoto, kein Urlaubssouvenir und auch kein abgegriffenes Lieblingsbuch. Das weckte den Verdacht in Bürgi, dass ihm etwas vorenthalten wurde.

Als er in der Reihenhaussiedlung angekommen war, hatten die Sanitäter das Opfer bereits auf einer Bahre in den Rettungswagen getragen. Ein Pfleger hatte Bürgi mitgeteilt, dass die Verletzungen nicht unmittelbar lebensgefährlich waren und dass er wegen der zweiten Frau den Notfallpsychiater angefordert hatte. Daraufhin war die Ambulanz mit heulenden Sirenen abgedüst.

Bürgi hatte sich von dem Streifenwagenfahrer einweisen lassen, der vor der Wohnungstür Posten bezogen hatte. Die

Wohnungseigentümerin war nicht ansprechbar. Sie hieß Tatjana Blumer, war zweiunddreißig Jahre alt und arbeitete bei einer Bank. So viel hatte sich anhand der Dokumente in ihrer Brieftasche feststellen lassen.

»Muriel!« Bürgi winkte die Beamtin zu sich, die ihn zu Tatjana Blumer geführt hatte.

Die Bankerin saß bleich und apathisch auf einem Diwan. Mit beiden Händen hielt sie einen Zipfel des Leintuchs fest, auf dem das Opfer gelegen hatte. Auf einem Glastisch lagen Salben, Pflaster und Pillenpackungen.

»Wir brauchen eine Liste aller Medikamente«, raunte er. »Und die Adresse des Doktors, der sie verschrieben hat.«

Die Kollegin nickte. Sie kramte Stift und Notizblock aus einer Tasche und machte sich an die Arbeit.

»Der Flügelschlag eines Schmetterlings.«

»Wie bitte?« Bürgi hatte sich ruckartig umgedreht.

Muriel ließ die Tablettenschachtel sinken, die sie von dem Beistelltisch aufgenommen hatte.

»Was haben Sie gesagt, Frau Blumer? Ich war abgelenkt, tut mir leid.«

Tatjana Blumer starrte an ihm vorbei. Sie hatte einen zierlichen Körperbau, war hager, beinahe ausgemergelt und wirkte derart kraftlos, dass er sich nicht vorstellen konnte, dass sie es war, die eine andere Frau krankenhausreif geprügelt hatte.

»Was einst Geborgenheit mir gab, will nun in Geiselhaft mich halten. Mit eines Sommervogels Flügelschlag, will neu ich mich entfalten.« Tatjana Blumer rezitierte mit vollkommen reglosem Gesicht.

»Was ist das für ein Gedicht, Frau Blumer?« Bürgi rückte in ihr Blickfeld und suchte in ihren Augen nach einer Reaktion, nach irgendeinem Zeichen dafür, dass Tatjana Blumer ihn wahrnahm. Doch er hätte genauso gut mit einer

Marmorbüste über Bildhauerei sprechen können. »Würden Sie diese Verse widerholen? Bitte!«

Tatjana Blumer war so regungslos und so stumm wie eine Statue. Falls sie mit irgendjemandem ein Zwiegespräch führte, dann mit sich selbst.

Patrick Bürgi ging zu seiner Kollegin, die auf einem nahezu leeren Bücherregal Medikamentenverpackungen sortierte. »Wo bleibt denn der Notfallpsychiater?«

»Du glaubst nicht, wie lange man als Streifenpolizistin auf Ärzte wartet«, seufzte Muriel. »Die hoffen erst einmal, dass sich der Fall von selbst erledigt.«

»Wenn es überhaupt ein Fall ist«, brummte Bürgi. »Ich wette, dass der Doktor außer ihren traurigen Augen nichts Besorgniserregendes feststellen wird, wenn er Frau Blumer untersucht. Solange sie kein Messer im Rücken hat und keines zwischen den Zähnen, gefährdet sie weder sich selbst noch andere.« Bürgi brauchte eine sinnvollere Beschäftigung als zuzuschauen, wie Tatjana Blumer in ihr Innerstes hineinstarrte. »Du bleibst hier, während ich mich umschaue. Ruf mich, falls der Arzt eintrudelt. Und schreib alles auf, was sie sagt!«

Das Schlafzimmer war hermetisch abgedunkelt. Sämtliche Fenster waren mit schwarzen Moltontüchern verdeckt, die Ränder mit breitem Isolierband abgeklebt. In den Schränken fand Bürgi eine Garderobe aus dem gehobenen Preissegment, vorwiegend Bürokleidung in unaufdringlichen Farben, einige Sportsachen und gediegene Unterwäsche, nichts Auffallendes wie Lack oder Leder. Neben dem Bett lagen weitere Medikamente herum, aber keine Kondome, kein Sexspielzeug, keine Zigarettenpackung und kein anderer Hinweis auf gelegentliche Zweisamkeit.

Er dachte schon, Tatjana Blumer wäre tatsächlich aus Stein gemeißelt, als er in einer Schublade auf eine Sammlung von Vibratoren stieß. Sich den Kopf kratzend, betrachtete er die ordentlich aufgereihten Geräte.

»Patrick!«

Er ging am Badezimmer vorbei zurück zu Muriel und warf einen Blick auf ihre Notizen. Die Medikamentenliste war lang. Seine Kollegin hatte versucht, sie zu kategorisieren. Schlaftabletten und Aufputschmittel konnte er entziffern, ›Psycho‹ stand für Psychopharmaka.

»Mir ist etwas in den Sinn gekommen. Bezüglich der Verletzten.« Muriel klemmte sich den Stift hinter das Ohr. Erst jetzt realisierte Bürgi, dass sie Linkshänderin war. »Als ich ihren Puls überprüft habe, ist mir aufgefallen, dass sie eine Schmetterlingstätowierung auf dem Hals hat. Kein Meisterwerk, sieht eher nach Gefängnis aus.«

Bürgi starrte immer noch Muriels Ohr an. Darin funkelte eine lange Reihe goldener Stecker. Womöglich kannte sie sich mit Tätowierungen ebenso gut aus wie mit Piercings.

»Vorhin hat sie etwas von ›Schmetterling‹ gefaselt und von ›Verwandlung‹.« Mit dem Kopf wies Muriel in Tatjana Blumers Richtung.

»Ja, und?«

»Das könnte mit dieser Tätowierung zu tun haben. Der Schmetterling ist ein Symbol für Veränderung: von der Raupe zur Puppe zum Falter!«

»Aha«, brummte Patrick Bürgi. »Und wieso sagt uns Frau Blumer ein Verslein auf über einen Schmetterling, der auf den Hals einer Verletzten tätowiert ist?« Sein hilfloser Blick spiegelte sich in jenem seiner Kollegin. »Rauchst du?«, schob er unvermittelt hinterher.

Muriel schüttelte den Kopf.

»Habe ich mir gedacht«, brummte Bürgi und trottete zum Ausgang. »Ich fahre ins Krankenhaus. Falls der Doktor kommt, zeigst du ihm das Medikamentenarsenal. Wenn du erreichst, dass Tatjana Blumer tatsächlich eingeliefert wird, gebe ich einen aus!«

*

»Es handelt sich um eine Sexarbeiterin?« Der stechende Blick der Oberärztin drückte Patrick Bürgi in die Kunststoffschale des Besuchersessels.

»Ja, wahrscheinlich ist sie …«, er räusperte sich und ärgerte sich gleichzeitig über seine Unsicherheit, »… eine Prostituierte. Sie wurde in der Nähe des Strichs aufgefunden und war in Unterwäsche unterwegs. Aber nicht in langen weißen Unterhosen«, ergänzte er ruppig.

»Zunächst einmal ist sie eine Frau, die sich in einer Männerwelt durchschlagen muss. Ob sie als Putze ausgenutzt wird oder als Sexarbeiterin, ändert wenig an der Tatsache der Ausbeutung.«

Sie sprach sanft und mit einer nachdrücklichen Geduld in ihrer Stimme, was eine badische Färbung noch verstärkte. Bürgi kam sich vor, als ob ihm Sitzpinkeln beigebracht werden sollte. Und tatsächlich verspürte er einen Druck in der Blase. Die Ärztin hatte ihn lange genug warten lassen, lediglich um ihm mitzuteilen, dass sie keine Angaben zur Schwere der Verletzungen und zum Gesundheitszustand der eingelieferten Unbekannten machen könne, bevor sie von der ärztlichen Schweigepflicht entbunden worden sei. Verdrossen betrachtete er die Bilder an der Wand hinter dem Schreibtisch. Abstrakte Figuren in heiteren Farben. Darunter hing ein Foto, das Frau Doktor unzweideutig in Gesellschaft eines Mannes zeigte. Zweifelsohne ein Sitzpisser.

»Führen Sie einen inneren Monolog, Herr Bürgi?« Sie musterte ihn über die Brillengläser hinweg. »Dass ich Ihnen nichts sagen darf, kann und will, haben wir geklärt.«

Bürgi wusste, dass sie sich in diesem Punkt gewaltig irrte, denn er hatte sich mit dem Staatsanwalt abgesprochen. Doch ihre hochnäsigen Belehrungen verschlugen ihm die Stimme.

»Sie können sich vorstellen, dass ich zu tun habe«, erklärte sie spitz und stand auf, um Bürgi zur Tür zu begleiten. »In einer Notaufnahme retten wir Leben.«

Bürgi fixierte den sauber gewienerten Boden. Er hätte auf die Kollegen von der Rechtsmedizin und der Kriminaltechnik warten sollen.

»Weil es sich bei der Frau um eine Sexarbeiterin handelt, werde ich eine auf Menschenhandel spezialisierte Beratungsstelle einschalten.«

»Wo bleibt denn jetzt die Schweigepflicht?«, fragte Bürgi in so scharfem Ton, dass die Ärztin erschrocken zusammenzuckte. Ohne es richtig zu realisieren, war er aufgesprungen. Sein Herz schlug schneller. Die Frau wich zurück und wollte gerade etwas sagen, als es klopfte, die Tür aufgestoßen wurde und Gisela Jenewein vom rechtsmedizinischen Institut den Raum betrat.

»Kommen wir zu spät?«, erkundigte sie sich gut gelaunt. »Eine Wasserleiche hat uns aufgehalten.«

Bürgi war selten so glücklich gewesen, ein makelloses Hochdeutsch zu hören. In Giselas Windschatten schleppte Manuel Weil eine schwere Tasche mit sich. Er war Fotograf im Forensischen Institut der Polizei. Bürgi kannte die beiden von früheren Fällen.

»Im Unterschied zur Polizei vertritt eine Beratungsstelle die Interessen des Opfers!« Die Ärztin setzte exakt dort wieder an, wo sie aufgehört hatte. Inhaltlich wie im Tonfall. »Aus diesem Grund ist es sehr wohl zulässig, dass ich Menschenhandelsspezialistinnen informiere, aber nicht jeden beliebigen Polizisten! Der mich noch dazu bedroht hat. Nonverbal«, fügte sie nach kurzem Stocken an.

Gisela Jenewein rümpfte die Nase. »Die Schweigepflichtleier?«, fragte sie Bürgi, der bloß nickte. Daraufhin stellte sich die Rechtsmedizinerin als Kollegin vor und überreichte ihre Visitenkarte. »Wir würden gerne die Geschädigte sprechen und ihre Verletzungen untersuchen, Frau …?«

»Streich«, antwortete die Oberärztin zurückhaltend.

»Danke. Mein Kollege von der Forensik«, Gisela deutete auf Manuel Weil, »wird die Verletzungen für ein späteres Verfahren fotografisch dokumentieren.« Sie redete ruhig und klar und zum ersten Mal hörte die Ärztin wirklich zu. »Würden Sie uns bitte in das Zimmer des Opfers begleiten und das Pflegepersonal instruieren, damit wir unsere Arbeit machen können?«

Die Ärztin überlegte einen Augenblick, ging dann zum Schreibtisch, hob den Hörer und wählte eine Nummer. Kurz darauf schilderte sie den Fall in sehr vertrautem Ton, hörte zu, nickte, fragte zweimal nach, ob sie auch wirklich richtig verstanden habe, und legte schließlich auf. »Tut mir leid. Die Opferberatungsstelle bestätigt mir, dass ich keinesfalls zur Herausgabe von Informationen verpflichtet bin. Ich wäre Ihnen dankbar, wenn Sie mich nun nicht mehr weiter nötigen und mein Büro verlassen würden.«

»Nötigung, sagen Sie?« Gisela Jenewein seufzte kopfschüttelnd. »Frau Streich, wir haben eine staatsanwaltschaftliche Anordnung, die verpflichtend ist. Auch für Sie! Hast du ihr das nicht erklärt?«, fragte sie Bürgi vorwurfsvoll.

»Ich kam nie zu Wort«, erwiderte er trotzig.

»Jetzt reicht es!«, brauste die Ärztin auf. »Verlassen Sie mein Büro!«

»Ich komme gerade von einer halb verfaulten Leiche, Frau Streich, und bin wirklich nicht in der Stimmung, mich von einer inkompetenten Notfallärztin herumkommandieren zu lassen«, meinte Gisela Jenewein trocken. »Darum sage ich

Ihnen jetzt, wie es läuft: Sie geben uns augenblicklich Zugang zu dem Opfer. Danach haben Sie zehn Minuten Zeit, mir sämtliche medizinische Akten zusammenzustellen. Außerdem halten Sie sich zur Verfügung, bis wir hier fertig sind, und tragen die persönliche Verantwortung, dass wir nach abgeschlossener Behandlung einen kompletten Satz aller Krankenhausakten bekommen. Einschließlich sämtlicher elektronischer Unterlagen wie Röntgenbilder und MRI-Resultate.« Gisela trat einen Schritt näher an die Oberärztin heran, die kreidebleich geworden war. »Wenn Ihnen das nicht passt, werde ich meinen Institutsdirektor einschalten, damit er von Professor zu Professor mit Ihrem Vorgesetzten spricht. Falls Sie herausfinden möchten, wie hoch Ihre Karriereaussichten hinterher noch sind, sollten Sie mich jetzt ein drittes Mal zum Teufel jagen!«

Patrick Bürgi linste zu Weil hinüber, der sich ein Grinsen verklemmte, entschuldigte sich, verließ fluchtartig den Raum und rannte zur Toilette.

*

Er legte das Merkblatt über das Sorgerecht zu den anderen Abhandlungen, mit denen Roberto Strick ihn bearbeitete. Zuoberst lag ein Artikel über Vasektomie. Heftiger als notwendig schob er das Fach wieder zu. In dem leeren Büro hallte der Knall lange nach.

Patrick Bürgis Bericht über den aktuellen Ermittlungsstand war inhaltlich so öde wie der Raum, in dem er verfasst worden war. Bürgi hatte herausgefunden, dass die verletzte Prostituierte Ungarin war und Zsófia Bihari hieß. Mehr hatte sie ihm nicht sagen können, jedenfalls nicht so, dass er es verstanden hätte. Ihr Deutsch reichte aus, um einem Freier die Preise zu nennen. Für den weniger intimen Verkehr fehlten ihr und Bürgi die Worte. Er würde es am Montag mit einer Dolmetscherin versuchen. Ebenso musste er die Befragung von Tatjana Blumer verschieben, die mit dem Notfallpsychiater ebenso wenig geplaudert hatte wie mit Bürgi. Immerhin war sie in eine Klinik eingewiesen worden.

Das hatte Bürgi die Möglichkeit eröffnet, seiner gepiercten Kollegin ein Bier zu spendieren, was diese jedoch auf unbestimmte Zeit verschoben hatte, weil sie unmittelbar nach dem Wochenenddienst in den Urlaub fuhr. Stattdessen hatte er sich mit Gisela Jenewein verabredet. Sie würde den Aperitif mit Details aus dem medizinischen Untersuchungsbericht zu versüßen wissen.

*

»Die Frau hat noch Glück gehabt.«

»Meinst du die Oberärztin?«, grinste Bürgi.

»Quatsch! Die habe ich ganz schnell vergessen, nachdem sie gespurt hat. Ich spreche von dem Häufchen Elend, das wir nach dem ganzen vorangegangenen Theater angetroffen haben.« Gisela stellte ein großes Bier auf den Tisch. »*Indian Pale Ale* aus Rapperswil«, verkündete sie. »So mundet Seewasser! Was trinkst du denn?«

Patrick Bürgi überflog die schwarze Tafel über der Bar. »Alkoholfrei«, antwortete er und klopfte auf den Motorradhelm, den er auf einen Stuhl gelegt hatte.

»Geschwindigkeit ist auch ein Rausch«, meinte Gisela und setzte das Glas an. Danach holte sie ihren Bericht aus der Tasche. »Lebensgefährliche Verletzungen konnte ich keine feststellen, auch nicht längerfristig drohende Schäden. Also zumindest nicht körperlich. Es sind aber noch nicht alle Untersuchungen abgeschlossen und es ist durchaus möglich, dass die inneren Organe in Mitleidenschaft gezogen wurden.«

Sie hielt inne und Bürgi nahm einen seltsamen Glanz in ihren Augen wahr. »Die Wunden sind immer die gleichen, ob eine Frau von ihrem Zuhälter zusammengeschlagen wird, von einem Freier oder von ihrem Ehemann«, erklärte sie ernst.

»Setzt dir das so stark zu? Du siehst doch allerhand in deinem Beruf.«

»Ja, entgegnete sie. »Aber diese Frau hier ist kein Untersuchungsgegenstand. Sie lebt!«

»Du auch«, murmelte Bürgi verlegen. »Du bist nicht so abgestumpft wie andere«, fügte er nach einem peinlichen Moment der Stille hinzu.

Gisela Jenewein betrachtete ihn, als ob sie überlegte, was exakt er ihr sagen mochte, schien es dann aber doch nicht so genau wissen zu wollen. »Vermutlich hat der Täter das Opfer an den Haaren geschleift, mit Sicherheit geschlagen und getreten. Die Frau hat punktuell gelichtetes Haar, Hämatome, Schürfungen, Platz- und Risswunden am ganzen Oberkörper und am Kopf. An Unterarmen und Handgelenken erlitt sie Abwehrverletzungen, als sie Schlägen zu entkommen versuchte. Wunden an den Oberarmen und Hämatome an Gesäß und Rücken deuten darauf hin, dass der Täter auf der Frau gekniet und sie auf den Boden gedrückt hat. In dieser Position hat er sie gewürgt, was wiederum Drosselmale am Hals belegen. Das dürfte über einen längeren Zeitraum erfolgt sein, wodurch erst eine venöse Stauung erzeugt wurde und in der Folge petechiale, also punktförmige Blutungen der Lidhäute und der Augenbindehäute. In derselben Position hat er sie vermutlich auch gebissen.« Ohne Bürgi anzusehen, trank sie von ihrem Bier und blätterte in dem Dossier. »Sie hat Bissmarken auf der rechten Brust«, präzisierte sie kurz darauf, und als Bürgi nicht reagierte, klappte sie die Akten zu, hielt inne und öffnete sie nochmals.

Gisela Jenewein hob erstaunt die Augenbrauen und nahm ein Stück Zellophan aus der Mappe, das sich seltsamerweise zwischen den Seiten des Berichts befunden hatte. Sie knüllte es zusammen und legte es auf den Tisch, während ihr Blick nun an Patrick Bürgi haftete. Der schaute zu, wie die Folie sich langsam wieder entfaltete und dabei ein leise scheuerndes Geräusch machte, das seine Wahrnehmung voll und ganz beherrschte und sogar den Lärm der anderen Gäste übertönte. Auf einmal sehnte er sich nach seinem Motorrad.

*

In der Werkstatt brannte Licht, in dem Haus auf der anderen Straßenseite ebenfalls. Bürgi hielt vor seinem Schuppen und parkte das Motorrad auf einem Kiesplatz neben Stricks neuem Lexus. Eigentlich zu teuer für einen Polizistenlohn, doch Strick hatte ihn günstig bekommen, weil die Farbe speziell war. Ein schwules Hellblau, wie sein Freund es nannte. Eine Sonderanfertigung für einen befreundeten Männeraktivisten, der pleitegegangen war und Strick die Karre verhökert hatte.

Auf halbem Weg war Bürgi von einem Gewitter überrascht worden. Er huschte im Regen an der Mauer entlang zur Tür. Das Prasseln übertönte das Rauschen des nahen Flusses, das ihm früher bedeutet hatte, dass er zu Hause angekommen war. In der Einfahrt gegenüber sah er ein unbekanntes Auto stehen. Er widerstand der Versuchung, hinüberzurennen und die Nummer aufzuschreiben.

Bürgi öffnete die Tür. Roberto Strick hielt ihm ein Bier entgegen. Bürgi stieß an, nahm einen anständigen Schluck und stellte die Flasche danach auf die Werkbank. An der dahinterliegenden Wand waren Halterungen auf einem Brett angebracht, unter denen die Konturen der Werkzeuge nachgezeichnet waren, damit jedes nach Gebrauch wieder an seinen angestammten Platz gehängt wurde. Mit diesen Zeichnungen hatte sich Bürgis Sohn sein Taschengeld aufgestockt. Jetzt mussten die Werkzeuge nur noch eingeräumt werden.

»War etwas los?«

»Etwas aus deinem Fachgebiet«, seufzte Bürgi, während er sich aus der nassen Motorradkluft schälte. »In der Nähe der Sexboxen wurde eine Nutte zusammengeschlagen, eine durchgeknallte Bankerin hat Mutter Theresa gespielt und eine überhebliche Ärztin hat mir den Kopf gewaschen, obwohl ich nicht neben das Krankenhausklo gepisst und auch nicht die Hure verdroschen habe.« Er hängte die tropfenden Klamotten an einen Haken neben der Tür.

»Wie heißt sie denn?«

»Zsófia Bihari«, antwortete Bürgi, »behauptet sie jedenfalls. Ihre Papiere hatte sie nicht dabei.«

»Noch nie gehört. Aber ich sehe im Dienst so viele Nutten, dass ich mich selten an einzelne erinnern kann. Außerdem lügen die alle. Der Strich läuft aus dem Ruder in dieser Stadt.« Angeekelt sah Strick sich nach einer Sitzgelegenheit um. »Wir spielen Gewerbepolizei, kontrollieren Ausweise, überprüfen Krankenversicherungen und dackeln in den Straßen herum, damit nicht zur falschen Zeit am falschen Ort mit dem Arsch gewackelt wird. Genauso gut könnte ich Parktickets kontrollieren.«

Strick arbeitete bei der Sittenpolizei. Die einzige Abteilung, zu der sich Patrick Bürgi nie versetzen lassen würde. Zuzuschauen, wie Strick ausbrannte, reichte ihm.

Dieser setzte sich auf zwei Plastikkisten, die vor dem Schrank gestapelt waren, in dem später Splinte, Sicherungen, Lüsterklemmen, Kupfer- und Gummidichtringe, Ventileinsätze und Ventilkäppchen aufbewahrt würden. »Hast du eine Theorie?«

Bürgi nahm sein Bier und lehnte sich an die Werkbank. »Eine Vergewaltigung war es nicht. Einen Streit mit einem Freier halte ich für unwahrscheinlich. Der hätte ihr vielleicht eine geknallt oder so, aber er hätte sie nicht halb totgeschlagen, nur weil er um ein paar Franken geprellt wurde.«

»Der Zuhälter?«

»Habe ich auch gedacht.« Bürgi trank und behielt den Schluck eine Weile im Mund, bis sich der Geschmack richtig ausgebreitet hatte. »Aber wenn ihr Stenz ihr das angetan hat, ging es dabei garantiert nicht um eine Bestrafung, weil sie zu wenig Zaster eingenommen oder etwas für sich selbst zur Seite gelegt hat. In diesem Fall hätte er darauf geachtet, dass sie weiterhin anschaffen kann. Doch in dem Zustand, in dem sie sich jetzt befindet, wird keiner mehr so schnell Geld an ihr verdienen.«

»Dafür kostet sie uns Steuerzahler eine Stange.« Strick versorgte das Leergut in einer Kiste und holte Biernachschub aus dem Kühlschrank. »Vielleicht war es ein Sadist oder irgendein anderes krankes Schwein.« Er öffnete die beiden Flaschen mit einem Schraubenschlüssel und reichte Bürgi eine. »Komm bloß nicht auf die Idee, dass es um Menschenhandel gehen könnte! Dann bist du den Fall nämlich los. Menschenhandel ist etwas für die Ermittlungselite. Dafür sind wir Deppen nicht zu gebrauchen.«

»›Verbrannte Erde‹ lautet meine Theorie«, entgegnete Patrick. »Vielleicht wollte sie den Rennstall wechseln. Dann hat der Zuhälter sie so zugerichtet, damit sie für keinen anderen laufen kann.« Er überlegte einen Augenblick. »Entweder ist es der Zuhälter gewesen oder irgendein Psychopath. Eine andere Möglichkeit sehe ich nicht«, schloss er das Thema ab.

Roberto Strick klopfte mit der Faust an die Rückwand der Werkstatt. »Während du ausländische Nutten verhätschelt hast, habe ich den Druckluftkompressor verschalt und isoliert. Jetzt stört sein Lärm nicht einmal mehr uns selbst.«

Bürgi prostete ihm zu. »Es wird Zeit, dass wir endlich mal einen Bock zusammenschrauben. Wir haben diese Bude hier schließlich nicht gebaut, um ewig an einem Hobbyraum herumzubasteln.« Er kramte ein zerknittertes Blatt aus der Gesäßtasche seiner Jeans hervor, faltete es auseinander und breitete das Papier auf der Werkbank aus. »Hier!«

Strick schaute sich das Blatt an. Eine Kleinanzeige aus einem Internetmotorradforum.

»Eine *Royal Enfield Fünfhundert Twin* von 1952«, sagte Bürgi mit glänzenden Augen. »Stell dir vor, wie die knattert!«

Roberto Strick nahm das Papier, setzte sich auf eine Kiste und studierte die Ausschreibung. Aufgrund der Stille realisierte Bürgi, wie heftig der Regen auf das Dach prasselte. Unvermittelt suchte er Decke und Wände nach Wasserflecken ab, konnte aber keine entdecken. Sie hatten ganz offensichtlich ordentliche Arbeit geleistet.

»Ein guter Preis, aber da fehlt halt auch noch einiges. Wenn wir das alles originalgetreu restaurieren wollen, wird es teuer«, knurrte Strick nach einer Weile.

»Von mir aus können wir Ersatzteile von anderen Maschinen verwenden. Seit der Scheidung muss ich finanziell kürzertreten.« Traurig betrachtete Bürgi das Brett mit den Werkzeughalterungen, das sein Junge gezimmert hatte. Er fragte sich, ob Simon bereits im Bett lag und unter der Decke heimlich an einem Computerspiel herumtippte. Er hätte alles dafür gegeben, am Sonntagmorgen die müden Augen seines Jungen zu sehen, wenn Simon an den Frühstückstisch schlurfte. Daraufhin würde er die Lebensgeister seines Sohnes mit der Aussicht auf den Besuch eines Fußballspiels oder auf eine Runde Modellflugzeugfliegen wecken. »Hast du mir das Merkblatt auf mein Pult gelegt, Rob?«

»Wer denn sonst?«, meinte Strick zerstreut.

»Darin steht, dass ich im Nachhinein das gemeinsame Sorgerecht beantragen kann. Allerdings müsste ich das bis im nächsten Juni gemacht haben. Meinst du, dass ich das tun soll?«

Stumm starrte Strick die Fotos der *Enfield* an, wobei sein Blick immer düsterer wurde, bis er auf einmal schnaubend aufsah. »Du kaufst dieses Stück Land direkt gegenüber von deinem Haus, weil du hier einen Hobbyraum bauen willst, damit du mit deinen Kindern Seifenkisten und Drachen basteln und auf dem Grundstück herumtollen kannst. Noch bevor wir Richtfest gefeiert haben, will deine Alte die Scheidung. Du ziehst aus deinem eigenen Haus aus, mietest dir ein Loch im Nachbardorf, weil du dir nichts anderes leisten kannst, betrittst dein eigenes Heim nur noch nach vorheriger Absprache und fragst mich nun allen Ernstes, ob du eventuell beantragen solltest, dass der Staat dir einen ebenso langen Spieß in die Hand drückt wie deiner Ex?« Aufgeregt sprang Strick auf. »Weißt du eigentlich, wie lange wir Antifeministen dafür gekämpft haben, dass Weicheier wie du endlich gleichberechtigt behandelt werden wie die Furien, die sie aus dem Haus gejagt haben?«

»Jetzt krieg dich wieder ein, Rob.« Patrick Bürgi brachte seine leere Flasche weg, holte sich aber keine neue. Er hatte eine zweite Frühschicht vor sich. »Erstens hat mich niemand vertrieben, sondern wir haben uns einfach auseinandergelebt. Zweitens haben wir eine gute Lösung gefunden für die Kinder, was am wichtigsten ist. Gerade weil du und ich diesen Schuppen hier gebaut haben, kann ich sie ab und zu spontan sehen. Und drittens verrate mir mal, was genau du und deine Wichtigtuer für mich getan haben!« Während des letzten Satzes drückte er seinen Zeigefinger auf Stricks Brust, der einen Meter zurückwich.

»Die Männerorganisationen haben dafür gesorgt, dass das Parlament das Scheidungsrecht angepasst hat! Glaubst du etwa, die Feminazis hätten das für dich getan?« Mit etwas Distanz baute Strick Körperhaltung und Argumentation neu auf. »Wenn du diesen Antrag einreichst, braucht deine Ex in Zukunft deine Einwilligung, wenn sie woanders hinziehen will. Stell dir vor, sie lernt einen Stecher aus dem Tessin kennen und bricht hier alle Zelte ab! Dann stehst du jedes Mal drei Stunden vor dem Gotthard im Stau, bevor du deine Kinder siehst!«

Energisch schüttelte Bürgi den Kopf. »Das würde Nathalie nie tun. Sie denkt genauso an die Kinder wie ich.«

Strick verdrehte entnervt die Augen und nahm seine Jacke vom Haken. »Ich versuche, dir zu helfen, weil Männer zusammenstehen müssen. Aber jetzt verziehe ich mich lieber, bevor wir uns gegenseitig an den Kragen gehen. Es gibt bessere Gründe, sich zu prügeln, als deine Ex!« Wutschnaubend deutete er auf den Tisch. »Den Wisch dort solltest du dir ansehen, finde ich!«

Bürgi suchte die Werkbank ab. Erst jetzt fiel ihm der Notizzettel auf. Darauf standen ein Name und eine Adresse. »Wer ist das?«

»Der Kerl, der deiner Alten an die Wäsche geht. Ich habe die Nummer von dem Auto überprüft, das vor deinem ehemaligen Domizil steht. Schau mal, wo der Typ wohnt!« Strick holte den Autoschlüssel aus der Tasche, zog die Tür auf und knallte sie hinter sich wieder zu.

*

Das Gewitter hatte den Dachstock abgekühlt, doch langsam wurde es wieder warm unter den Balken. Wie Suchscheinwerfer drangen die Sonnenstrahlen durch die beiden kleinen

Fenster herein und malten helle Flecken auf den Holzboden. In den Strahlen sah Patrick Bürgi aufgewirbelten Staub tanzen. Er stellte eine dreistufige Bockleiter unter die linke der beiden Luken, stieg hinauf und schob das Klappfenster nach oben.

Auf den Dachterrassen in der Umgebung blühten Blumen und Sonnenschirme standen neben Kübeln voller selbst gepflanzter Tomaten und Karotten. Schräg unterhalb der Luke lag eine Frau auf dem Dach. Keine Augenweide. Doch das hielt die Nachbarn nicht davon ab, sie anzustarren. Es gab keinen Balkon, auf dem niemand stand und hinüberglotzte. Direkt gegenüber sah Bürgi einen Mann mit Filmkamera. Nach all den Jahren bei der Polizei hatte er aufgehört, sich zu wundern, wie schnell die Medien an einem Tatort waren. Mit Sicherheit wurden Handyaufnahmen gemacht. Er würde seinen Einsatz später aus allen möglichen Perspektiven und auf sämtlichen Kanälen begutachten können.

Die Frau stand im Verdacht, ihre Mitbewohnerin mit heißem Wasser verbrüht zu haben. So etwas sprach für ein hohes Aggressionspotenzial. Das konnte sie auch gegen sich selbst richten, wenn sie verzweifelt war, sie Gewissenbisse plagten, sie in einer Krise steckte oder grundsätzlich labil war. Dass sie nackt war, deutete darauf hin, dass sie sich in einem Ausnahmezustand befand. Bürgi beschloss, nicht auf das Eintreffen der polizeilichen Verhandlungsgruppe zu warten, da er ihr selbst angehörte, wenn auch bloß im Nebenamt.

»Hallo, bitte erschrecken Sie nicht! Es wäre schön, wenn wir miteinander sprechen könnten.« Wenn er sich aus dem Fenster gelehnt hätte, wäre er mit einem Arm an die ausgestreckte Hand der Frau herangekommen. Sie lag kaum zwei Meter von der Luke entfernt auf den Dachziegeln. Bürgi blieb, wo er war. Einzig Kopf und Schultern ragten aus der

Öffnung hervor. »Mein Name ist Bürgi, Patrick, Stadtpolizei. Ich möchte verstehen, was Sie da gerade tun.«

Die Frau drehte den Kopf zur Seite und schaute Bürgi an. Er sah bleiche Haut und zusammengepresste Lippen. Mit Rücken und Gesäß berührte sie die Ziegel, die Fersen steckten in der Dachrinne. Im Lauf der Zeit musste ihr das wehtun. Bei jeder Bewegung drohte sie abzurutschen und fünf Stockwerke hinunter in einen gepflasterten Hof zu stürzen.

»Ich schäme mich«, sagte sie.

Bürgi hasste Selbstmörder dafür, dass sie ihre Lebenskrise in aller Öffentlichkeit abfeierten und dabei Dritte gefährdeten, anstatt still und diskret die Konsequenzen zu ziehen. »Ich möchte auf keinen Fall, dass Sie sich etwas antun, was Sie später bereuen. Oder bereuen würden, wenn Sie noch könnten«, fügte Bürgi hinzu, als ihm die Absurdität seiner Worte bewusst wurde.

Er überlegte, wie er mehr Nähe herstellen könnte. Eine persönliche Beziehung aufzubauen, war das A und O der Verhandlungsführung. In einem Krisengespräch musste der intervenierende Beamte Präsenz vermitteln, Verständnis, Hilfsbereitschaft und Zuversicht. Er sollte Ängste zerstreuen, die zu einer Eskalation führen könnten. Gleichzeitig musste er den Zustand des potenziellen Selbstmörders und die Wahrscheinlichkeit des Suizids abwägen. Er musste klären, welche Interventionsmöglichkeiten er hatte und welche Risiken für das Umfeld bestanden. Er musste seine Einschätzung der Einsatzleitung mitteilen. Und vor allen Dingen musste er auf alles gefasst sein.

»Ich möchte nicht, dass Sie sterben«, sagte Bürgi hilflos.

»Das glaube ich Ihnen nicht.«

Die Frau hatte eine quietschende Stimme. Bürgi fragte sich, ob sie immer so klang oder ob er sie als Hinweis auf ihren Geisteszustand interpretieren müsste.

»Sie machen Ihren Job«, fuhr sie fort. »Das ist alles. Wenn Sie mich vor mir selbst retten, klopft Ihnen der Chef auf die Schulter. Wenn ich springe, gehen Sie zum Psychologen. Ich aber bin so oder so am Ende.«

Wenn er die Frau tatsächlich davon abhalten konnte zu springen, würde sie damit leben müssen, dass die Zeitungen und das Internet voll waren mit Bildern, die zeigten, wie sie nackt und in Christus-Pose auf einem Dach stand. Ganz zu schweigen von den hämischen Kommentaren und Fotomontagen, die sie in den sozialen Medien berühmt machen würden.

»Da haben Sie recht, es ist mein Beruf, nicht zu wollen, dass Sie sterben. Und ich mag meinen Beruf. Aus diesem Grund meine ich, was ich sage. Darf ich Sie übrigens Frau Schütz nennen? Sie heißen doch Zoë Schütz, nicht wahr?«

Was auch immer sie dazu gebracht hatte, nackt auf ein Dach zu klettern – in ihrer Haut hätte Bürgi nicht stecken wollen. Er empfand weder Sympathie noch Mitleid und er glaubte nicht, dass er wirklich professionelle Hilfe benötigen würde, falls sie tatsächlich zu Tode stürzte. In erster Linie beschäftigte ihn die Tatsache, dass sie sich ausgerechnet dieses blöde Dach für ihr Vorhaben ausgesucht hatte, das auf drei Seiten von Wohnhäusern umgeben war. Mehr Zuschauer konnte sie kaum haben. Es war wie im Theater.

Auch Bürgis Gesicht würde auf allen Bildern prangen. Deshalb musste er handeln, irgendetwas Sichtbares tun, damit man ihm später nicht vorwerfen konnte, gemütlich zugeschaut zu haben, wie Zoë Schütz in den Tod sprang.

»Sie haben eine einzige Möglichkeit, mein Leben zu retten«, sagte sie besonnen. »Doch das werden Sie auf keinen Fall tun.«

*

»Sie haben Ihre Unterhose noch an!«

Keuchend schob sich Patrick Bürgi neben Zoë Schütz auf die Dachziegel. Seine Kleider und Schuhe lagen auf der Klappleiter, auf der er gerade eben noch gestanden hatte. An Beinen, Rücken und Armen hatte er sich Schürfungen zugezogen, als er sich durch das Fenster hinausgezwängt hatte und sich langsam auf die Dachrinne hatte heruntergleiten lassen, wobei er sich mit der Rechten an die metallenen Bügel klammerte, die als Schneefang zwischen den Ziegeln angebracht waren.

»Da steckt mein Handy drin.« Während er jeden Blick auf die Zuschauer vermied, suchte er mit seinen Zehen Halt in dem glatten Kupfer der Regenrinne. Eine Sekunde lang blickte er in Muriels Gesicht, die auf dem Küchenbalkon unter ihm Stellung bezogen hatte. Er sah eine Mischung aus ungläubiger Überraschung, Angst und Belustigung. »Das Telefon brauche ich, um Hilfe zu rufen, wenn Sie zur Vernunft gekommen sind.« So flach wie möglich presste er seinen Körper gegen die Ziegel. Als er sich einigermaßen eingerichtet hatte, blickte er Zoë Schütz an.

Endlich ließ sie ihre Arme sinken. Die Hände legte sie flach auf die Ziegel. »Ich bin sehr vernünftig«, sagte sie. »Sogar berechnend, denn jetzt blamieren wir uns beide.«

Das schien ihr bitterer Ernst. Weder in ihrem Blick noch in ihrem Tonfall konnte Bürgi die geringste Spur von Ironie erkennen. »Sie haben mir versprochen, nicht zu springen und mit mir von diesem Dach zu steigen, wenn ich dasselbe mache wie Sie, Frau Schütz. Darum würde ich nun gerne die Feuerwehr rufen, die uns hier wegholt.«

»Zuerst müssen Sie die Unterhose ausziehen. Ich bin vollkommen nackt.«

»Ich mache mich so schon genug zum Affen!«

»Wissen Sie, was Todessehnsucht ist?«

»Keine Ahnung«, ächzte Bürgi. »Wenn ich über meine Zehen hinweg nach dort unten schaue, sehne ich mich danach, am Leben zu bleiben.«

»Ein heftiger Wunsch nach Freiheit, Weite und Unendlichkeit!« Sie schloss die Augen. »Es geht gar nicht so sehr darum, was Sie antreibt, sondern um das, was Sie anzieht, was Ihre Sinne blockiert, sodass Sie an nichts anderes denken können.«

Bürgi schien es, als spanne ihr Körper sich, als beuge sie sich langsam nach vorn. »Stopp, ich mache es! Bleiben Sie ganz ruhig!« Er unterdrückte einen Fluch und angelte mit der Linken sein Handy aus der Unterhose. Danach bedurfte es mühsamer Verrenkungen, bis er sich den Slip mit einer Hand in die Kniekehlen geschoben hatte, sodass er auf die Knöchel hinunterrutschte. »Geschafft!«, stöhnte Bürgi schließlich. »Jetzt können meine Kinder Papas bestes Stück im Fernsehen sehen.«

Die Frau ergriff seine linke Hand. »Haben Sie jemals etwas Demütigenderes getan als das?«

Bürgi dachte an die vergangene Nacht, die er zum größten Teil vor seinem Schuppen verbracht hatte. Im Schatten des Daches an die Tür gelehnt, hatte er das Haus angestarrt, in dem seine Kinder schliefen und seine Exfrau in den Armen eines anderen lag. Als hätte die Dunkelheit ihm jede Vernunft gestohlen und eine unsichtbare Kraft ihn an die Wand gepresst, hatte er dagestanden. Erst gegen Morgen hatte er das Motorrad ein Stück von der Werkstatt weggeschoben, damit niemand den Motorenlärm hören konnte, war aufgesessen, in seine Wohnung gefahren, hatte sich zwei Stunden hingelegt, dann geduscht, gefrühstückt und war schließlich ins Büro gefahren.

»Nein«, log er. »Es gibt nichts Schlimmeres.«

»Wie geht es Sondra?«, fragte sie nach einer Pause.

»Dazu kann ich Ihnen nichts sagen. Die Ärzte behalten immer alles für sich. Jedenfalls lebt Frau Francke noch.« Bürgi merkte, dass der Druck auf seine Hand stärker wurde. Er versicherte sich, dass seine Füße fest in der Dachrinne verkeilt waren und dass sein rechtes Handgelenk unter dem Bügel des Schneefangs festsaß, der ihm Halt gab, ohne dass Bürgi das Handy loslassen musste. Nachdem er vor aller Welt die Hose heruntergelassen hatte, wollte er nicht, dass die Frau ihm im letzten Augenblick vom Dach sprang, und schon gar nicht, dass sie ihn am Ende noch mitriss.

»Rufen Sie jetzt bitte die Feuerwehr?«

*

Wahnsinn, wie lange es dauerte, bis die Drehleiter endlich in Position gebracht worden war. Als der Korb, in dem die Kollegen von der Feuerwehr zu ihm herauffuhren, in Hörweite war, sprach sich Bürgi mit den Männern ab. Nach so langer Zeit in derselben Stellung würde sich Zoë Schütz kaum aufrecht halten können. Gemeinsam hievten sie die Frau vom Dach. Sobald sie in Sicherheit war, legte ihr ein Feuerwehrmann eine Decke um. Danach fuhren sie die Leiter wieder ein. Patrick Bürgi musste sich gedulden.

Er fühlte einen kühlen Windhauch auf seinem Körper. Ihn schauderte und er bekam Gänsehaut. Vorsichtig bückte er sich und legte das Handy in die Dachrinne. Danach zog er die Unterhose wieder an. Als er sich nach seinem Telefon bückte, sah er, dass einige Zentimeter daneben eine Computerspeicherkarte lag. Er nahm sie zusammen mit dem Handy an sich.

Über dem Gebäude auf der anderen Hofseite kreiste ein Raubvogel. Jenseits des Häuserblocks lagen die Zufahrtsgeleise des Hauptbahnhofs. Das Quietschen eines Zuges vermischte sich mit dem Wummern eines Basses auf einem der Balkone. Die Leute kehrten zu ihrer Sonntagmittagsbeschäftigung zurück.

*

»Ihr Sesselfurzer könnt mich mal!« Patrick Bürgi schlug die Tür zu. Dahinter saßen sein Chef und der Pressesprecher an einem Konferenztisch, auf dem eine repräsentative Auswahl von Medienberichten ausgebreitet lag, die sich mit Bürgis Geschlechtsteil beschäftigten.

Bevor er wutschnaubend aufgesprungen war, hatten die beiden ihm beizubringen versucht, dass er nicht nur vorschnell, sondern vorschriftswidrig gehandelt hatte und nie und nimmer hätte auf das Dach steigen dürfen. Der Medienchef war ganz besonders aufgebracht, weil er mit Anfragen überhäuft wurde und die Geschichte nun irgendwie so drehen musste, dass die Stadtpolizei nicht zum Gespött wurde.

Die Kopfwäsche seiner Vorgesetzten hätte Bürgi noch geschluckt, wenn ihm feinfühlige Arbeitskollegen keinen Unterwäschekatalog auf sein Pult gelegt hätten, wenn sein Postfach nicht mit Prospekten für Fitnesscenter, Solarien und FKK-Strände zugemüllt worden wäre und wenn auf seiner Kaffeetasse keine Anzeige für Penisvergrößerungen geklebt hätte.

So aber war es Zeit für den Bastelraum.

*

»Du hättest das Luder vom Dach stoßen sollen, anstatt dich zum Narren zu machen! Weißt du, wer das ist?« Roberto Strick stand vor dem Schrank neben der Werkbank und räumte Schrauben ein. Seine Stimme nahm einen schneidenden Ton an, als er eine Schachtel verzinkter Muttern anfauchte. »Eine abgehalfterte Journalistin ist das. Eine, die sich die Nase pudert, sagen die Kollegen vom Gift. Sie kauft bei einem Dealer ein, den die Drogenfahndung observiert.«

Patrick Bürgi suchte aus einer Plastikkiste die zu den Zeichnungen seines Sohnes passenden Werkzeuge heraus und hängte jedes an den dafür bestimmten Haken. Wie liebevoll Schraubenzieher, Maulschlüssel, Kombizange und Eisensäge dargestellt waren, rührte ihn beinahe zu Tränen. Am Samstag waren bloß die Umrisslinien nachgezeichnet gewesen. In der Zwischenzeit hatte der Junge die Werkzeuge ausgemalt. Womöglich war er am Sonntag in den Bastelraum gegangen, während sein Vater sich in die Schlagzeilen der Boulevardmedien gestrippt hatte.

»Eine solche Aktion untergräbt den Respekt der Bevölkerung in die Polizei, sodass wir das bisschen, das noch vorhanden ist, auch noch verlieren. Du hättest die Schreckschraube springen lassen sollen. So, wie die aussieht, wird sie garantiert eh niemand vermissen.«

Zoë Schütz hatte sich bei Patrick Bürgi entschuldigt, als er sie befragt hatte. Sie war vorübergehend in eine psychiatrische Klinik eingewiesen worden. Mit Sondra Francke hatte er am Morgen gesprochen. Sie hatte Verbrennungen zweiten Grades im Gesicht, am Hals und am Oberkörper, was schmerzhaft, aber nicht lebensbedrohlich war. Möglicherweise würden Narben zurückbleiben, andere dauerhafte Schäden schloss der Arzt aus. Wie es aussah, würde Zoë Schütz wegen vorsätzlicher Körperverletzung zur Rechenschaft gezogen. Außerdem würde sie einen Teil der Rettungskosten berappen müssen. Die Untersuchung war praktisch abgeschlossen, denn die beiden Frauen widersprachen sich nicht. Je schneller Bürgi den Fall vom Tisch hatte, umso besser.

»Du wirst weich.« Strick hatte sich aufgerichtet und räumte ein Regal voll mit Rostlöser, Schmierfett, Kriechöl, Kettenspray und Motoröl.

Patrick Bürgi wandte sich zu seinem Kollegen um, griff in die Innentasche und zog einen Umschlag hervor, den er auf den Tisch legte. »Hier. Darin befindet sich eine Computerspeicherkarte mit einem Video, das die Journalistin gemacht hat. Außerdem eine Kopie ihrer Zeugenaussage, die auch in meinen Akten ist. Der Film zeigt eine Vergewaltigung oder zumindest den Versuch dazu.«

Roberto Strick wandte sich um, eine Tube Dichtungsmittel in der Hand.

Bürgi betrachtete den verbitterten Mann mit den unterlaufenen Augen, musterte den Hobbyraum, den sie gemeinsam geplant, gebaut und eingerichtet hatten, und fühlte sich mit einem Mal unwohl darin. »Ich möchte, dass du richtige Polizeiarbeit leistest anstatt herumzujammern, Rob. Sexualdelikte gehören in deinen Zuständigkeitsbereich. Nimm diesen Film und mach etwas daraus!« Er schnallte sich den Nierengurt um, zog seine Jacke an und nahm den Helm von der Ablage. »Den Antrag auf das gemeinsame elterliche Sorgerecht habe ich eingereicht.« Er öffnete die Tür, sog den Abendwind ein und ging.

*

Das Bett war leer. Einen Augenblick lang starrte Bürgi die Sozialarbeiterin an, die ihn ins Krankenhaus begleitet hatte. Sie hatte Zsófia Bihari betreut und sie vergeblich zu überreden versucht, sich vor ihrem Zuhälter in Sicherheit zu bringen. »Wieder einmal?«, hatte sie geseufzt, nachdem Bürgi ihr geschildert hatte, wie Zsófia zugerichtet worden war. »Das war ihr Zuhälter«, war sich die Betreuerin sicher gewesen.

»Er ist ein Verwandter. Zsófia fürchtet, dass seine Brüder ihre kleine Tochter misshandeln, falls sie flüchtet. Sie wohnen in demselben Stadtteil von Nyíregyháza in Ostungarn, in dem Zsófias Mutter sich um das Kind kümmert.«

Bürgi hastete zu dem Bett und legte seine Hand auf das Leinen. Tuch und Matratze waren noch warm, auf dem Nachttischchen stand ein halb leeres Glas Tee. Kleider oder Schuhe sah er keine.

»Warten Sie hier und rufen Sie eine Pflegerin. Vielleicht weiß jemand, wo die Frau ist.« Er eilte zur Tür hinaus und hetzte durch den Flur zum Aufzug am Ende des Ganges. Falls die Prostituierte das Krankenhaus verlassen hatte, befand sie sich womöglich noch in der Umgebung.

Am Ausgang kam ihm die Oberärztin entgegen. Er sprintete an ihr vorbei, während ihr Blick sich in seinen Rücken bohrte.

*

Zsófia Bihari trug einen weißen Frotteemantel. Ihre Füße steckten in Badeschlappen. Sie hinkte, hielt einen Arm in einer Schlinge und das, was Bürgi von ihrer Haut sehen konnte, war mit blauen Flecken übersät. Sie befand sich im Universitätsviertel und die meisten Passanten waren kaum älter als Zsófia. Nicht wenige schauten ihr nach, als sie das Hauptgebäude der Eidgenössischen Technischen Hochschule entlanghumpelte. Eine Passantin blieb stehen und sprach Zsófia an, die kopfschüttelnd weiterging. Die andere Frau zögerte und blickte ihr unschlüssig hinterher, lief dann aber davon. Zsófia beschleunigte ihren Gang, soweit es ihr möglich war, und Bürgi schien es, dass sie noch intensiver auf den Asphalt starrte als zuvor.

In der Nähe lag ein Bordell. Roberto Strick hatte ihm den Tipp geben. Deshalb hatte sich Bürgi nicht mehr lange in der

Nähe des Krankenhauses aufgehalten, sondern war nach einer kurzen und ergebnislosen Suche ins Auto gestiegen.

Im Schritttempo folgte er der Ungarin. Er wäre gerne ausgestiegen und zu Fuß weitergegangen. Doch zu seiner Linken befand sich eine Tramhaltestelle, rechts lag ein Gebäude, dessen Außenfront auf Eisenpfeilern ruhte. Deren Zwischenräume waren mit Fahrrädern zugeparkt, sodass Bürgi nirgends halten konnte, ohne einen Verkehrsstau zu verursachen. Vor ihm rollten ein Taxi und mehrere andere Fahrzeuge den Hang hinunter. Hinter ihm hupte jemand. Er schaute in den Rückspiegel, sah eine Kopftuch tragende Frau am Steuer eines Cabrios mit offenem Verdeck gestikulieren und beschleunigte ein wenig. Danach wandte er seine Aufmerksamkeit wieder Zsófia Bihari zu, die auf einen Fußgängerstreifen zusteuerte.

Er passierte eine Nebenstraße. Noch bevor er den auf ihn zurasenden Wagen sehen konnte, hörte er ihn. Instinktiv trat Bürgi das Gaspedal durch. Sein Auto machte einen Satz, knallte mit Wucht in das Heck des Taxis vor ihm und kam mit absterbendem Motor zum Stehen. Der Sicherheitsgurt schnürte Bürgis Brustkasten ab, als sein Körper nach vorn gedrückt wurde. Gleich darauf schlug sein Hinterkopf auf der Nackenstütze auf, die etwas zu niedrig eingestellt war für seine Körpergröße. Ihm wurde schwindlig, in seinem rechten Ohr dröhnte ein schriller Ton und vor seinem Bauch entfaltete sich der Airbag. Bürgi versuchte, sich zu orientieren. Das heranrasende Fahrzeug schaffte es gerade noch, an einer anfahrenden Straßenbahn vorbeizukommen. Es war Stricks hellblauer Lexus. Darin saßen zwei junge Frauen. Die am Steuer hatte eine struppige Punkermähne und trug eine Sonnenbrille, die andere war nackt.

Bürgi wurde schwarz vor Augen.

Gökhan tritt auf der Stelle

An diesem Montagmorgen trug Blerim Selimi ein fleckiges T-Shirt, eine Sporthose, keine Socken und Turnschuhe. Er stank nach Schweiß, Tabak und Zwiebeln. Obwohl die Sonne seit Stunden am Himmel stand, war der Flur hinter Blerim dunkel. Doch in einem Raum am anderen Ende flackerte Licht.

»Geh Zähne putzen!«, meinte Gökhan Atalay angewidert, als er sich an dem Jungen vorbeizwängte. »Wo ist der Schokokopf?«

»Hockt an der Playstation«, nuschelte Blerim. »Wir haben durchgemacht.«

Gökhan schaute auf die Uhr an seinem Handgelenk. Eine Rolex, die er demnächst durch eine IWC ersetzen würde, die weniger protzig wirkte. Es war kurz vor elf Uhr. Am Nachmittag traf sich Gökhan zu einer Besprechung mit dem städtischen Bauvorstand. Das erste Mal überhaupt, dass er von einem Stadtrat empfangen wurde. Noch dazu unter vier Augen.

Gökhan marschierte durch den Flur auf das letzte Zimmer zu und blieb im Türrahmen stehen. Auf einem riesigen cremefarbenen Sofa mit runden Nackenstützen lag Blaise und hackte auf einem Gamecontroller herum. Davor stand ein überdimensionierter Fernseher, um dem wiederum mehrere Lautsprecher positioniert waren. Auf dem Boden lagen Chips- und Crackerpackungen herum, außerdem Bier- und Colaflaschen. Die leeren dienten als Aschenbecher. Neben dem Bildschirm verrottete ein nicht zu Ende gegessener Kebab. Eine Stehlampe mit roter Glühbirne warf den Raum in schummriges Licht und unter der Decke hingen Marihuanaschwaden. Immerhin befand sich der Schalter da, wo er sein sollte. Gökhan hieb mit der Handfläche auf das Plastik, eine Glühbirne blitzte auf, Blaise kniff die Augen zusammen.

»Komm mit!«

Die Rollläden in den beiden Schlafräumen waren genauso zugezogen wie die in der Spiel- und Fernsehhöhle. Matratzen und Berge von Kleidern lagen auf dem Fußboden, in einer Ecke befanden sich jeweils eine Stehlampe desselben Typs wie im Wohnzimmer. Stühle oder Tische gab es keine, Schränke ebenso wenig.

Gökhan eilte in die Küche, deren Fenster nicht abgedunkelt waren. Auch dort mangelte es an Sitzgelegenheiten, nicht aber an Bier- und Colavorräten. Auf einem Poster an der Wand posierte ein Rapper mit Pistole und halb nackten Frauen, die auf allen vieren kauerten und den Hintern in die Höhe streckten.

»Solltest du nicht duschen und zur Arbeit gehen?«, blaffte Gökhan Blerim an, der sich zeitlupenhaft im Türrahmen räkelte und gerade noch wach genug war, um sich einen Joint anzuzünden.

»Ich bin krank«, hustete Blerim, während die Küche sich mit dickem Rauch füllte.

Angeekelt fuchtelte Gökhan den Qualm weg, öffnete die Tür zum Balkon und trat in die Sonne hinaus. Das Gebäude gegenüber war eingerüstet und stand noch leer, doch alle Immobilien waren seit Langem verkauft. Ihm gehörten vier Wohnungen auf dem Areal, und wenn alles gut ging, würde er bald in den Verwaltungsrat der Firma gewählt werden, die die Stadt mit solchen Geldvermehrungsmaschinen überzog.

Blerim trat neben Gökhan an das Geländer. »Hast du etwas von Zsófia gehört?«

»Wer soll das sein?«

»Die Ungarin, die wir von den Sexboxen in den Puff gebracht haben. Dort ist sie aber nicht mehr.«

Ein Unterton in Blerims Stimme machte Gökhan stutzig. Er musterte den Jungen, der an seinem Joint zog und dabei stur geradeaus schaute. »Die ist abgehauen«, brummte Gökhan und ärgerte sich darüber, dass er aus dem zugekifften Schnösel nicht schlau wurde.

Blerim blies eine Rauchwolke himmelwärts und blickte verträumt den Rauchkringeln nach. »Mir gefällt ihr Tattoo.«

Durch den Innenhof der Siedlung führte ein frisch asphaltierter Spazierweg, über den ein Rentner hinter einem zotteligen weißen Hündchen herschlurfte. Die Rabatten waren gerade erst angelegt worden, vereinzelt sprossen bereits Grashalme aus der Erde.

»Wo bleibt der schwarze Penner? Ich habe nicht ewig Zeit!«

»Bleib cool, Massa Gökhan«, grinste Blaise, während er an das Balkongeländer trat. »Neuer Playstation-Rekord, Balkanjunge, den wirst du nicht so schnell knacken«, feixte er in Blerims Richtung, der nicht ansatzweise so wirkte, als ob er derartige Ambitionen hätte.

»Hört mal zu! Ich bin geschäftlich hier.« Zunächst legte Gökhan einen Arm um Blaises Schulter und zog danach Blerim zu sich heran. »Seid ihr echte Freunde?«

Obwohl beide nickten, sah Gökhan, dass sie die Frage irritierte, vor allem Blerim. Er versteifte sich unter Gökhans Griff und vermied direkten Blickkontakt.

»Das Rotlicht wirft einen Schatten auf meinen Ruf. Darum werde ich den Puff aufgeben und zu einem Geschäftshaus umbauen, aber den Transenstall überschreibe ich euch. Ihr werdet Geschäftspartner und macht halbe-halbe.«

Im Hof kackte der Hund des Rentners mitten auf den Weg. Der Besitzer zog an der Leine, ließ den Haufen jedoch liegen.

»Ich hab's gesehen!«, brüllte Blaise.

Der Alte zog den Kopf ein und beschleunigte seinen Schritt, so gut es ging.

»Lass die Kindereien«, schnauzte Gökhan, fasste Blaise am Hinterkopf und zog ihn zu sich heran. »Hört ihr mir eigentlich zu?«

»Ich soll Zuhälter werden«, sagte Blerim langsam. Am Ende des Häuserblocks verschwand der Rentner um die Ecke.

»Das ist besser, als mit einer Weiberschürze bekleidet Fernseher zu verkaufen.« Gökhan nahm Blerim den Joint aus dem Mund und warf ihn in den Hof. »Außerdem mag dich Paola.« Gökhan trat einen Schritt zurück und schob die beiden vor die Küchentür, sodass er die Jungs anschauen konnte. »Ihr packt das!« Er streckte die geballte Faust aus, die beiden pressten die ihren dagegen, ihre Unterarme formten eine dreistrahlige Sonne. »In einer guten Nacht schafft Paola einen Tausender an. Von fünftausend die Woche könnt ihr ausgehen. Die anderen vier Mädels laufen weniger gut, aber vier Scheine bringen sie auch heim. Das macht vierundachtzigtausend im Monat. Davon kriegen die Weiber die Hälfte, ich will einen Viertel, also kassiert jeder von euch gut zehntausend. Und das ist erst der Anfang! Von jeder Nutte, die ihr neu anwerbt, nehme ich nur noch zehn Prozent, der Rest gehört euch.« Er breitete die Arme aus. »Ist das ein großartiger Vorschlag oder ist es ein großartiger Vorschlag?«

Gökhan sah zwei ratlose Gesichter und im Hintergrund das Poster des großspurigen Rappers. Im Hof steuerte eine Frau ihren Kinderwagen zielstrebig auf den Haufen Hundescheiße zu, den der Rentner zurückgelassen hatte.

*

»Woher haben Sie dieses Material?«

Roman Kesslers Blick ruhte auf dem großflächigen Gemälde, das an der Wand hinter Gökhan Atalay hing. Der allerdings hatte es nur flüchtig gemustert, als er hereingekommen war. Er saß zwar wegen eines Bildes in dem Büro des Stadtrates, doch um Kunst ging es dabei nicht.

Auf dem Besprechungstisch lagen ein gelber Briefumschlag, ein Foto, auf dem Kessler mit der transsexuellen Paola posierte, und die Dose mit dem analogen Originalfilm.

»Ich habe das Foto von Paola erhalten. Das ist der Künstlername, unter dem Sie oder Ihr Freund diese Frau gebucht haben, mit der Sie einen hoffentlich wunderbaren Abend verbringen durften.« Gökhan griff über den Tisch und zog das Bild zu sich herüber. »Paola und ich sind Geschäftspartner. Herbert Merz hat dieses Foto bei uns bestellt. Damit wollte er Sie zu Fall bringen, weil Sie einer Investorengruppe im Weg standen.« Gökhan hob das Foto in die Höhe und ließ es los. Es segelte auf die Tischplatte zurück und rutschte über die glatte Fläche in Kesslers Richtung. »Merz hat es einem Journalisten zugesteckt, der es, anstatt es zu veröffentlichen, Merz' geschiedener Frau gegeben hat, von der ich es nun zurückerhalten habe.« Gökhan trug seinen besten Anzug, ein rosa Hemd und eine dunkelblaue Krawatte. Der kahl rasierte Schädel glänzte im Sonnenlicht, das den Raum durchflutete. »Mit Herbert Merz' Machenschaften will ich nichts mehr zu tun haben. Darum gebe ich Ihnen das Bild und den Film.«

»Herbert Merz steckt dahinter? Der Berufslobbyist?« Kopfschüttelnd nahm Kessler das Foto vom Tisch. »Wir waren bereits an der Uni verfeindet.« Kessler hatte einen ganz leichten Akzent, der daran erinnerte, dass er zweisprachig aufgewachsen war. Als Student war er aus Neuchâtel nach Zürich gekommen und in der Deutschschweiz hängen geblieben. Er war hager und hatte eine großporige rote Knollennase. »Sie versuchen wirklich nicht, mich zu erpressen?«

»Ich investiere in Immobilien«, erwiderte Gökhan. »Dass ich mich von Merz einspannen ließ, war ein Fehler.«

Kessler legte das Foto zurück auf den Tisch und erhob sich. Während er einen Fussel von seinem Sakko wischte, beobachtete Gökhan, wie der Stadtrat zu seinem Schreibtisch ging und eine Schublade öffnete. Kessler trug eine sandfarbene Bundfaltenhose, deren Stoff zerknittert war vom vielen Sitzen. Dazu hatte er ein Jackett an, das viel zu dunkel war für die helle Hose und außerdem zu groß, sodass die Schulternaht auf beiden Seiten absackte.

»Erpressung liegt mir fern, doch über Leistung und Gegenleistung diskutiere ich gerne mit Ihnen. Ich bin Geschäftsmann.«

»Ich nicht.« Kessler richtete sich auf. In einer Hand hielt er ein zusammengefaltetes Blatt Papier.

»Ich besitze ein Bordell«, fuhr Gökhan unbeirrt fort. »Eine Altlast, die ich loswerden möchte. Das Haus ist in einem schlechten Zustand, doch mit einer mutigen Investition wird auch diese Bruchbude zu einem Renditeobjekt.« Während Kessler zum Besprechungstisch zurückschlenderte, entledigte Gökhan sich weiterer Fussel auf seiner Jacke. »Leider macht es das Baurecht rentabler, eine Liegenschaft vergammeln zu lassen statt sie zu sanieren.« Kessler setzte sich wieder. »Es müsste auch in Ihrem Interesse sein, wenn ein Bordell verschwindet und diese Stadt um ein Wohn- und Geschäftshaus reicher wird.«

»Aus der Tatsache, dass ich ab und zu die Dienste Ihrer Prostituierten in Anspruch nehme, können Sie schließen, dass ich kein Problem mit Bordellen habe, Herr Atalay. Weder moralisch noch politisch.« Kessler legte das Papier auf den Tisch, das er geholt hatte.

Am oberen Rand des Blattes erkannte Gökhan das eingekreiste A als Symbol für ›Anarchie‹, darunter waren mit dickem schwarzem Stift einige Zeilen gekritzelt worden, am unteren Rand des Papiers stand ein fettes Ausrufezeichen.

Kessler schob den Zettel über den Tisch. »Jemand behauptet, meinen Sohn gekidnappt zu haben. Für hunderttausend Schweizer Franken bleibt Renato am Leben. Zudem werden in dem Schreiben Kapitalisten generell und Immobilienspekulanten ganz besonders böse beschimpft.« Kessler verstaute das Foto und die Filmdose in seinem Jackett. »Ich weiß nicht, wie ernst ich das nehmen soll. Auf den ersten Blick sieht es aus wie eine Kinderei, tatsächlich ist aber Renatos Handy ausgeschaltet. Ich erreiche ihn nicht. Darum möchte ich, dass Sie herausfinden, ob ich ein Problem habe, Herr Atalay! Wenn Sie das schaffen, ohne dass Polizei oder Medien Wind von der Sache kriegen, werde ich Ihnen behilflich sein, aus dem Rotlichtmilieu auszusteigen.« Der Stadtrat stand auf, ging zur Tür, öffnete sie und wartete darauf, dass Gökhan sich erhob. »Ich schlage vor, Sie beginnen die Suche in der Hausbesetzerszene. Sobald ich von den Erpressern höre, werde ich Sie verständigen.«

Asya gibt Gas

In ihrem letzten Schuljahr waren Asya und Jessica auf der Party eines Typen eingeladen gewesen, den Jessica angehimmelt hatte. Er war drei Jahre älter und hatte zu jener Zeit Handyabos verkauft. Es hatte Wodka und Gras im Überfluss gegeben.

Irgendwann in der Nacht war Asya aufgewacht. Über ihr hatte Jessicas Typ gegrunzt und gekeucht, als wäre er beim Gewichtheben. Etwas anderes als »Was machst du da?« war ihr nicht eingefallen. »Ich lehre dich ficken«, war die Antwort gewesen.

Eine Woche später waren Fotos von den beiden aufgetaucht, woraufhin Jessica nichts mehr mit ihrer ehemals besten Freundin hatte zu tun haben wollen.

»Wie heißt du eigentlich?«

Der Junge, dessen Finger ihren Bauch liebkosten und dessen Kopf auf ihrem rechten Oberschenkel ruhte, war so gehemmt und so furchtbar mager, dass sie ihn einfach mögen musste. Außerdem studierte er Kunst, stand auf dieselbe altmodische Musik wie Asya und Jessica zeigte nicht das geringste Interesse an ihm.

»Renato«, flüsterte er. »Hast du das vergessen?«

»Ich meine deinen Nachnamen.« Sie vergrub ihre Hände in seinem Wuschelhaar. Wenn sie mit den Fingerkuppen an bestimmten Stellen seine Kopfhaut berührte, zuckte er zusammen.

»Kessler.«

»Wie der blöde Stadtrat?«, kicherte sie. »Der den Immobilienhaien in den Arsch kriecht?«

»Das ist mein Vater«, ächzte Renato.

Asya stieß ihn mit beiden Händen von ihrem Körper weg.

*

»Ich dachte schon, du würdest gar nicht mehr aus dem Bett kriechen.« In der Gemeinschaftsküche roch es nach Gewürzen. »Gemüsecurry, Reis und Salat«, verkündete Diego, der kochte. Wie immer trug er eine schwarze Armeehose und einen Pullover, dessen Kapuze er tief ins Gesicht gezogen hatte. »Heute Abend spielt eine Punkband aus München. Kannst du die Bar bedienen?«

Die Küche war groß und altmodisch eingerichtet. Ein riesiger Holztisch in der Mitte, ein Gasherd und ein altertümliches Büfett mit Schubladen aus weißem Porzellan, die blau beschriftet waren, sodass nicht diskutiert werden musste, wohin Mehl und Salz gehörten.

Kopfnickend nahm Asya den Teller, den ihr Diego reichte. Er war seit zwanzig Jahren Hausbesetzer. »Du hattest viel Besuch übers Wochenende.«

Asya verkniff sich eine Antwort, da sie sowieso nicht genau wusste, was sie eigentlich hätte sagen wollen.

»Das hier habe ich aus Rapsöl, Apfelessig und Mascarpone zubereitet.« Diego platzierte eine Flasche mit Bügelverschluss vor ihrer Nase und berührte Asya dabei an der Schulter. Sie fühlte seinen Atem in ihrem Nacken, und erst als er hartnäckig neben ihr stehen blieb, verstand sie, was es mit der Soße auf sich hatte. Sie hatte geistesabwesend begonnen, das Grünzeug in sich hineinzuschaufeln, ohne zu bemerken, dass der Salat noch gar nicht angerührt war.

Sie schüttete Dressing über die Mischung aus Eichblatt, Rucola, Karotten und Gurken. Ohne aufzuschauen wartete sie darauf, dass Diego sich an irgendeinem Küchengerät zu schaffen machte. Stattdessen setzte er sich auf den Stuhl neben Asya, die fahrig auf ihrem Teller herumstocherte.

»Es ist besser, wenn hier keine Mitläufer abhängen«, sagte Diego mit einem Unterton, den Asya aus Versammlungen kannte. »Ich möchte zuverlässige Leute an meiner Seite haben, keine Wochenendpunks.« Er legte einen Tabakbeutel und eine Packung Zigarettenpapier auf den Tisch.

Asya stopfte eine Riesenportion Salat in den Mund.

»Ihr glaubt nicht, was ich herausgefunden habe!« Jessica rauschte in den Raum.

Sie trug hautenge Shorts und ein knappes Top. Unterhalb ihres Bauchnabels prangte eine Tätowierung, die noch nicht verheilt war. Sie hatte die Wunde mit Salbe eingecremt. Unter dem Schorf stachen weder Farben noch Konturen richtig hervor, dafür glänzte an den Rändern die Haut rot. Jessica stolzierte zum Herd, hob den Deckel von einer Pfanne und schnupperte.

Während Diego konzentriert seine Zigarette drehte und glattstrich, beugte sich Jessica über die zweite Pfanne. Dabei quollen ihre Pobacken unter dem Stoff hervor.

»Der Papa des Verliererchens ist Stadtrat!« Jessica nahm einen Löffel aus einer Schublade. »Dazu auch noch derjenige, der diese verlotterte Bude hier abreißen lässt, damit etwas Modernes entstehen kann.« Auf einer Ablage an der gegenüberliegenden Wand stand eine altmodische Stereoanlage. Jessica drückte und drehte so lange an den Knöpfen, bis ein schneller Elektrobeat erklang. Dann tänzelte sie zum Herd zurück und steckte den Suppenlöffel in die Soße. »Aber das ist noch lange kein Grund, das Kerlchen aus dem Bett zu werfen«, sagte sie mit einem vorwurfsvollen Blick auf Asya.

Diego erhob sich, ging auf Jessica zu, rückte eine der beiden Pfannen beiseite, bückte sich und zündete an der Gasflamme seine Zigarette an.

Jessica kostete von dem Curry. »Der kleine Versager ist bestimmt kein hammerharter Männlichkeitsprotz. Andererseits magst du doch eh keine Machos, Asya.« Länger und lasziver als notwendig, leckte Jessica den Löffel ab und schaute dabei Diego an. »Fleisch geht wohl gar nicht?«

Diego kehrte an den Tisch zurück. Jessica tunkte ihren Löffel nochmals in die Pfanne. Brühe tropfte auf den Steinboden.

Diego setzte sich wieder auf seinen Stuhl und blies Zigarettenrauch in Jessicas Richtung, woraufhin diese mit den Hüften schwingend auf ihn zutanzte, den abgeleckten Löffel auf den Tisch legte, Diego die Kippe aus dem Mund nahm und heftig an ihr saugte.

»Wer hier übernachtet und was zu essen bekommt, muss sich engagieren«, meckerte Diego. »Und damit meine ich weder Stripshows noch Drogenorgien!« Er griff nach der Zigarette, doch Jessica war schneller. Sie rannte auf die andere Seite des Tisches.

»Wenn du Che Guevara wärst, würde ich dir vielleicht einen blasen«, grinste sie. »So aber sind wir quitt, seit du mein Dope ins Klo gespült hast.« Sie stellte die Musik ab. »Jetzt kann ich mich nicht mehr zudröhnen, um zu vergessen, was für ein verklemmter Spanner du bist.« Sie ging erneut zu der Pfanne mit dem Curry, hob den Deckel hoch und ließ die Kippe hineinfallen. »Steh auf, Asya! Wir müssen das Stadtratssöhnchen finden, bevor es sich in die Limmat stürzt, nur weil du es dir nicht mit diesen Vorstadtrevolutionären verscherzen willst.«

*

Der Aufzug stoppte plötzlich zwischen zwei Stockwerken. Hinter der Verschalung der Liftsteuerung surrte irgendetwas. Das Licht flimmerte einige Sekunden lang, schließlich ging es aus.

Asya fühlte, wie Jessicas Hand nach der ihren tastete. Sie versuchte, Jessicas Gesicht zu erkennen. In der Dunkelheit wirkte es gespenstisch verzerrt. Immerhin hörte sie sie atmen. Schnell und verkrampft.

»Verzeihst du mir? Wegen damals, meine ich. Als ich diese Fotos gesehen habe, von dir und …«

Von irgendwoher erklang ein unregelmäßiges Piepen. In dem Stock über ihnen hörte Asya Leute sprechen, verstand allerdings kein Wort.

»Ich wusste nicht, dass … was er …«

»Schhhhhhh!« Asya nahm Jessica in den Arm. »Wir sind Freundinnen, Jess«, flüsterte sie.

Eine Weile standen sie regungslos da, bis Asya in den Sinn kam, dass es irgendwo einen Alarm geben musste. Sie löste sich von Jessica und tastete sich zu der Tafel mit den Knöpfen. »Hast du ein Feuerzeug?«

Asya hörte, wie Jessica in ihrer Tasche herumwühlte. Wenig später flackerte eine kleine Flamme auf. In ihrem Schein fand Asya den Notfallknopf und drückte ihn. Nichts geschah. Die Anzeige war tot, sodass sie keine Ahnung hatte, in welchem Stock sie sich befanden. Sie presste ihren Zeigefinger abermals auf den Knopf. Wieder nichts. Sie versuchte einen anderen. Den für das Erdgeschoss. Dann den darüber. Noch einen. Sie drückte alle möglichen Knöpfe. Immer wieder und mit beiden Händen.

»Autsch!« Die Flamme erlosch. Jessica hatte sich den Zeigefinger verbrannt.

Asya hielt inne. Legte ein Ohr an die Tür. Konnte nichts mehr hören außer Surren, gelegentlichem Piepen und dem Geräusch, das das Feuerzeug machte, als Jessicas es gegen die Wand schmetterte.

Das Licht flackerte erneut. Kurz darauf war es wieder hell in der Kabine. Der Fahrstuhl ruckte und fiel einige Zentimeter nach unten.

Asya schrie auf und hielt sich an Jessica fest, die sich ihrerseits an der Wand abstützte. Sekunden später ging es aufwärts. Zunächst langsam und holpernd, dann in einer ruhigen, gleichmäßigen Bewegung, als wäre nichts passiert.

Ohne zu überprüfen, welches Stockwerk sie gerade passierten, betätigte Asya sämtliche Knöpfe. In der elften Etage hielt der Aufzug. Mit einem schleifenden, unwirklich klingenden Ton gab die Tür den Weg auf festen Boden frei. Die beiden Frauen stürzten in den Flur. Asya zitterte. Jessica versuchte ein Lächeln, das erleichtert wirken sollte, jedoch einer ängstlichen Fratze glich. Sie öffnete ihre Tasche und klaubte eine Flasche mit edlem Highlander hervor, die sie aus der besetzten Fabrik hatte mitgehen lassen. Jessica entfernte das Siegel und den Korken und nahm einen tüchtigen Schluck.

»Sehr zum Wohl!«

Erschrocken wandte Asya sich um. Ein älterer Mann näherte sich. Piekfein angezogen, schulterlanges Haar und Pagenschnitt. Er trug ein zartrosa Hemd und ein hellblaues Sakko und benutzte einen Gehstock mit silbernem Knauf.

»Danke«, prustete Jessica, als sie die Flasche absetzte. »Möchten Sie?« Sie streckte ihm den Whiskey entgegen.

»Das ist sehr freundlich von Ihnen, aber sonntagabends trinke ich nie, außer vielleicht einen kleinen Sherry.« Er ging zu den Fahrstühlen und drückte den Knopf mit dem Griff seines Stockes.

»Ich würde den links nehmen«, mischte sich Asya ein. »Der rechte ist kaputt!«

»Aha! Ist er stehen geblieben?« Der Mann schien nicht besonders beunruhigt. »Das sind die Gören in der dritten

Etage. Sie haben herausgefunden, wie man den Lift stoppen kann. Der Steuerungskasten befindet sich im Keller. Jemand hat das Schloss aufgebrochen und die Hausverwaltung hat es noch nicht wieder reparieren lassen.« In diesem Moment öffnete sich die Tür jenes Aufzugs, aus dem Asya und Jessica gerade geflüchtet waren. Der Mann betrat ihn, ohne zu zögern. »Der Lift bleibt für einige Minuten blockiert. Wenn er hält, muss man gelassen bleiben und einfach warten, bis es wieder weitergeht«, meinte er treuherzig, während sich die Tür langsam schloss.

»Wir nehmen die Treppe«, verkündete Jessica bestimmt.

*

Keuchend und schwitzend trat Asya in den Flur des siebzehnten Stockwerks. Wie bereits in der elften Etage, war der Gang auch hier in dunklen Brauntönen gehalten und dezent beleuchtet, was ihm eine noble Ausstrahlung verlieh. Sie lehnte sich gegen die Wand, um zu verschnaufen.

»Gibst du auf?«, japste Jessica, als sie an Asya vorbeistapfte und die Klingelschilder inspizierte. Sie hatte die Whiskeyflasche nicht wieder eingesteckt, sondern hielt sie lässig in der linken Hand. »Hier ist es!« Jessica presste den Zeigefinger auf einen Knopf und ließ ihn darauf ruhen.

Asya bewegte sich nicht. Sie schämte sich, weil sie Renato aus einem idiotischen Grund den Laufpass gegeben hatte, und sie fürchtete Jessicas ungestüme Art. Ihren Auftritt in der Wohngemeinschaftsküche würde Diego nicht einfach vergessen.

»Was soll das?« Im Türrahmen stand ein bleicher Mann. Offenbar war er beim An- oder Ausziehen überrascht worden, denn das Werk war unvollendet: Auf dem Kopf trug er eine Skimütze und um den Hals hatte er einen weinroten

Schal geschwungen. Dazu trug er ein körperbetontes T-Shirt, Boxershorts und Adiletten.

»Schönheitspolizei!« Jessica schraubte den Deckel von der Whiskeyflasche und reichte sie ihm. »Damit wirst du hübscher!«

Zögernd nahm der Typ die Pulle, setzte sie aber nicht an.

»Jetzt zier dich nicht so!« Mir der Rechten lenkte Jessica den Flaschenhals in Richtung seiner Lippen. »Der Honk hat mir gesagt, dass sein Mitbewohner Musiker sei. Abstinenzler bist du hoffentlich nicht.«

Der Typ setzte die Flasche an und Jessica drückte sie ihm fest gegen die Lippen, sodass er sie nicht wieder absetzen konnte. »Ihr wollt zu Renato?«, keuchte er, als sie ihm eine Trinkpause gönnte.

Jessica deutete auf Asya. »Die Bitch hier muss sich entschuldigen.«

Asya nickte verlegen, als sie der Mann über die Flasche hinweg anstarrte, die er völlig freiwillig wieder angesetzt hatte.

Jessica legte einen Arm um Asyas Schulter und zog sie an Renatos Freund vorbei in die Wohnung. Unvermittelt blieb sie stehen. »Jetzt schau dir das an, Süße!« Sie ließ Asya los.

Ein breiter Durchgang führte in ein riesiges Wohnzimmer. Rechts lag eine offene Küche in warmen Rottönen, geradeaus gab eine Loggia den Blick nach Westen frei. Am Horizont leuchtete der Himmel tiefrot in der untergehenden Sonne.

»Und ich dumme Nutte habe meinen Arsch hingehalten für eine Bude, von der aus ich die Bahngleise angaffen konnte«, schimpfte Jessica. »Wetten, dass Papa seinem kleinen Scheißerchen diese Wohnung besorgt hat! Ohne Beziehungen stehst du nämlich ein Leben lang an, um so eine Behausung zu kriegen.« Sie wandte sich ab und nahm dem Mann, der sich zu ihnen gesellte, die Flasche weg.

»Ich bin Moritz«, stellte er sich vor.

Jessica nahm einen tüchtigen Schluck. »Diese Aussicht ist viel zu schön für mich. Nüchtern halte ich das auf keinen Fall aus.«

»Wo ist Renato eigentlich?«, wollte Asya wissen.

Moritz ließ sich in ein Sitzkissen sinken. »Bist du die linksextreme Göre, die ihn abserviert hat, weil sein Vater sein Vater ist?«, fragte er, während er sich eine Zigarette in den Mund steckte.

In Nullkommanichts war Asyas Kopf so glühend rot wie der Himmel.

»Im Bad. Er schneidet sich die Pulsadern auf. Kann ich den Whiskey auch mal wieder haben?«

Asya hielt sich vor Schreck eine Hand vor den Mund, Jessica warf Moritz die Flasche in den Schoss. »Wo ist das Scheißbadezimmer?«, rief sie und eilte in Richtung Flur davon.

»Kleiner Scherz«, grinste Moritz. »Renato kotzt bloß.«

*

Sie waren alle da.

Die Frauen, die Männer. Die, die immer etwas zu sagen hatten, und die, die schwiegen.

Diego stand hinter dem Mischpult. Neben ihm sein kleiner Sohn. Ein Ramones-T-Shirt am Leib, einen Gehörschutz auf dem Kopf. Auf der Bühne brüllte ein glatzköpfiger Hüne Parolen ins Mikrofon.

Asya fasste sich ein Herz. Ohne nach links oder nach rechts zu schauen, bahnte sie sich einen Weg durch die Menge und ging auf Diego zu.

*

»Mein ganzes Geld ist weg!« Jessica schäumte vor Wut. Sie kniete in Asyas Zimmer und wühlte in den Taschen und Einkaufstüten herum, in denen ihr Hab und Gut steckte.

Im Flur stand Diego. In einer Hand hielt er ein Vorhängeschloss, in der anderen die dicke Kette, mit der er Asyas Zimmertür verschlossen hatte.

Asya schaute ihn fragend an.

»Das kommt davon, wenn man hier im Haus wildfremde Leute ein und aus gehen lässt, aber die Zimmertüren nicht abschließt«, meinte er achselzuckend.

»Du hast das Geld wirklich nicht selbst genommen?«, hakte Asya nach.

»Und wenn schon«, antwortete er ausweichend. »Es wäre bloß fair, wenn wir alle etwas von euch zurückbekommen würden.« Er hielt Asyas Blick lange stand, wandte sich dann aber ab. »In diesem Haus geht es um mehr als um eure Eskapaden«, maulte er und schlurfte davon.

Renato hatte eine Gitarre umgeschnallt und trug eine Pappschachtel voller CDs aus dem Raum. Er roch nach Erbrochenem. Asya ging ins Bad und packte ihre Toilettenartikel zusammen. Der Rest war bereits in dem Volvo verstaut, den Jessica ihrem Vater immer noch nicht zurückgebracht hatte, obwohl er sie auf ihrem Anrufbeantworter bereits mehrfach darum gebeten hatte.

*

»Lass mich fahren, du bist besoffen!«

»Vergiss es!«

Asya wurde von der Fahrertür weggestoßen und Jessica stieg ein. Renato hatte sich auf die Rückbank des Autos gezwängt. Asya ging resigniert auf die andere Seite und setzte sich auf den Beifahrersitz.

»Kohle weg, Stoff weg, Job hingeschmissen«, seufzte Jessica, als Asya die Tür zuzog. »Und der Freund deines Freundes ist noch hässlicher als dein hässliches Entlein, aus dem niemals ein Schwan werden wird. Wir sind erledigt.« Sie startete den Motor. In dem engen Hof des besetzten Geländes musste sie um Eisenskulpturen herumzirkeln, um Fahrräder, einen Traktor und den Transporter der Band.

Nachdem sie das Areal verlassen hatten, merkte Asya, wie sich Jessicas Stimmung veränderte. In ihrem Gesicht stand das Grinsen, das ankündigte, dass sie etwas Verrücktes anstellen wollte. Außerdem hatte sie eine CD aus der Sammlung ihres Vaters eingelegt und die Lautstärke hochgeschraubt.

»Ich weiß, wie wir zu Geld kommen: Wir entführen den Versager mit Mundgeruch und schlechtem Musikgeschmack dahinten!« Mit zugekniffenem Auge und einer Zigarette im Mundwinkel deutete sie auf Renato, der mit gekrümmtem Rücken im Fond des Autos saß und wegen des Gitarrensolos, das aus den Lautsprechern dröhnte, vergeblich mitzukriegen versuchte, worüber die beiden Frauen sprachen.

*

»Duck dich!« Jessica zog Asya am Nacken hektisch nach vorn und beugte sich daraufhin über ihre Freundin. »Da draußen läuft der Schweinehund vorbei, dem ich die Fingerbeere abgehackt habe«, flüsterte sie. »Der darf uns auf gar keinen Fall erwischen.«

Asya machte sich auf dem Autositz so klein, wie es nur ging. Während sie in dieser Stellung ausharrte und die Fußmatte anstarrte, kroch aus dem Boden des Volvos ein kaltes Grauen an ihren Waden empor.

Sie sah sich als kleines verängstigtes Kind in einem Wandschrank kauern, während ihr Vater in der Wohnung tobte.

Sie glaubte, das Schluchzen ihrer Mutter zu hören, sie erinnerte sich an die Panik in ihrem Körper und sie spürte Jessicas Atem im Nacken – wie an jenem Tag, als sie weggerannt und bei dem Nachbarsmädchen Schutz gefunden hatte. Danach hatte sie so viel Zeit wie möglich mit Jessicas Familie verbracht.

Bis Jessicas Mutter gestorben war und ihr Vater sich, mit Beruhigungsmitteln vollgestopft, in einen apathischen Klotz verwandelt hatte, sodass die beiden Freundinnen noch stärker zusammenhalten mussten.

Jessica hob vorsichtig ihren Kopf und spähte aus dem Autofenster. »Er ist weg.«

Asya richtete sich ebenfalls auf und schaute sich um. Der Volvo war zwischen Stadthaus und Fluss geparkt. An einem Montagmittag herrschte in dieser Gegend ein geschäftiges Treiben. Sie sah Menschen in Büroklamotten vorbeieilen.

Nachdem sie sicher war, dass der widerliche Klubbesitzer nicht mehr in der Nähe war, prüfte sie im Rückspiegel ihr Aussehen: Sie trug eine blonde Perücke, aufdringliches Make-up, eine Sonnenbrille und Kleider aus einer von Jessicas Taschen. Sie sah aus wie ein anderer Mensch, doch das Herz, das unter dieser Verkleidung raste wie verrückt, war immer noch ihres.

»Nimm das!« Jessica überreichte Asya einen gelben Umschlag, der an Renatos Vater adressiert war. »Du gehst ins Stadthaus hinein und geradewegs zum Empfangsschalter im Erdgeschoss. Dort gibst du den Brief einfach ab und lässt dich auf keine Diskussionen ein, sondern kommst auf direktem Weg wieder raus zu mir. Dann verduften wir!« Sie umarmte Asya. »Schaffst du das?«

Asya nickte und lächelte so zuversichtlich wie möglich.

*

»Wir könnten ihm einen Finger abschneiden. Oder das Ohr. Meinst du, sein Alter würde das Teil erkennen?« Jessica lag in dem Sitzsack in Renatos Wohnzimmer, den Blick in den Himmel über der Stadt gerichtet, in der einen Hand eine Flasche Orangensaft, in der anderen einen Joint. Das Gras dazu hatte sie aus einem Kästchen in Moritz' Zimmer entwendet, nachdem der sich auf den Weg zur Kunsthochschule gemacht hatte. »Ich glaube nicht, dass mein Pa es merken würde, wenn ihm ein Entführer die Körperteile irgendeiner Tusse vorlegen und behaupten würde, dass es meine seien. Ihm wäre es so peinlich, mich nackt zu sehen, dass er gar nicht so genau hinschauen würde.«

Asya blickte von einem Buch auf. Sie hatte es sich auf einem Kanapee bequem gemacht, das vor dem Regal stand. Dazwischen lag eine Matratze am Boden. Jessicas Schlafplatz. Nach zwei Tagen Belagerung durch Jessica war das Wohnzimmer zugemüllt.

Am Sonntagabend waren sie eingezogen, am Montag hatten sie den Erpresserbrief verfasst und das Schreiben im Stadthaus abgegeben.

Seither harrten sie auf ein Zeichen von Renatos Vater und schlugen die Zeit mit Kiffen und Warten tot – und dann wieder mit Warten und Kiffen.

»Es bringt nichts, ihm den Schniepel abzutrennen. Das ist das Letzte, was ein Vater an seinem Sohn genau anschaut.« Jessica blies Rauchkringel in den Raum, der bereits dicht vernebelt war. »Mach dir keine Sorgen, Süße. Wir lassen alles dran, was du noch gebrauchen könntest.« Sie reichte Asya den Joint.

»Glaubst du wirklich, dass der Stadtrat zahlt?« Asya sog den Marihuanarauch ein und ließ ihn in ihren Lungen so lange seine Wirkung entfalten, bis sie den Atem nicht mehr anhalten konnte.

»Ich sag doch: Wir müssen nachhelfen!« Jessica deutete in Richtung Badezimmer. Man hörte, wie die Spülung betätigt wurde.

Kurz darauf kam Renato in den Raum. Er drückte auf die Tastatur eines Laptops. Ein schwerer Beat dröhnte aus den Boxen, begleitet von sphärischen Synthesizerklängen und schnellen Elektrobassläufen.

»Ich glaube, wir müssen dich verstümmeln, Bleichgesicht«, säuselte Jessica. »Hast du vielleicht ein scharfes Küchenmesser?« Sie räkelte sich, gähnte, prüfte den Inhalt ihrer Saftflasche, setzte sie ein letztes Mal an, steckte sie dann kopfüber in eine vor ihr stehende Müslischüssel und stand auf.

»Ich sagte doch, dass es nicht einfach wird, meinen Vater über den Tisch zu ziehen«, trotzte Renato. Er ging zu Asya und kuschelte sich neben sie auf das Sofa. Sie steckte ihm den Joint in den Mund. »Mein Alter lässt sich nicht in die Ecke drängen. Was glaubt ihr, wie viele parteiinterne Konkurrenten er ausgeschaltet hat, bevor er Stadtrat wurde?«

Im Vorbeigehen nahm Jessica ihm den Joint wieder weg. Dann ging sie in die Küchenecke und öffnete den Kühlschrank.

Renato schob seine Hand unter Asyas T-Shirt und schmiegte sich fest an sie. »Mich hat er auch immer beschissen. Zuerst beim Memory und beim Würfeln, später im Schachspiel und dann beim Taschengeld.«

Asya sah ihn an. »Lass uns fortgehen! Irgendwohin. Nach Spanien vielleicht. Dort kann man von der Sonne leben.« Zärtlich fuhr sie mit dem Zeigefinger seine Lippen entlang. Sie küsste ihn. »Und dein Ohr bleibt da, wo es hingehört.« Sie leckte sein Ohrläppchen, legte ihre Hand auf die seine, führte sie sachte von ihrem Bauch hinunter zwischen ihre Beine und presste sie gegen ihre Vulva. Dabei stöhnte sie sanft. In seinem Nacken stellten sich die Härchen auf. Er drückte stärker und begann, die Finger zu bewegen.

»Ich hole die Knarre aus dem Auto.« Jessica knabberte an einem Schokoriegel. »Dann machen wir ein Foto: die Geisel mit einem Pistolenlauf an der Schläfe. Wenn das deinen Alten nicht berührt, kannst du ihn vergessen, Kleiner!« Sie zog sich eine Jacke über und schlüpfte in Sandaletten. »Wenn wir dich direkt nach dem Orgasmus fotografieren, siehst du bestimmt sehr mitgenommen aus!«

*

Vor den Aufzügen lümmelten zwei Jungs herum. Jessica begutachtete die Silhouetten der beiden. Als sie sich neben sie stellte, verstummten die Typen. Es erfolgte eine Inspektion in umgekehrter Richtung.

Einer der beiden hatte einen Haarschnitt wie ein Fußballer und auf seinen Unterarm war in verschnörkelter Schrift ein Name tätowiert.

Jessica zog ihre Jacke aus und gab den Blick frei auf ihre eigene Tätowierung zwischen Minirock und bauchfreiem Top.

»Wollen wir zusammen Lift fahren?«, säuselte der Kumpel des Tätowierten.

»Wenn du mithalten kannst? Ich will hoch hinauf«, antwortete Jessica. »Wird dir schwindlig?«

»Nicht von der Höhe«, konterte er. »Ich bin Blaise, schöne Blume.«

»Du möchtest mein Gärtner sein«, kicherte Jessica. »Oder bist du hier, um eine andere Pflanze zu gießen?«

Er schüttelte den Kopf. »Wir sind geschäftlich da.«

»In welchem Stock wohnt denn das Politikersöhnchen?«, wandte sich der andere gedankenverloren an seinen Freund.

Jessica erstarrte. Dann brummte sie, dass sie etwas vergessen habe. »Die Wäsche«, fügte sie an, lief zum Treppenhaus und übersprang zwei Stufen gleichzeitig, bis sie im Keller angelangt war.

Zwischen dem Fahrstuhl und mehreren Waschküchen war ein Kasten mit Metalltür in die Wand eingelassen. Jessica riss daran herum. Nach dem dritten Versuch sprang sie auf. Zum Vorschein kamen Knöpfe und Schalter, von denen sie keine Ahnung hatte, wozu sie gut waren. Sie fluchte und war den Tränen nahe.

»Willst du den Lift blockieren?«

Hinter ihr standen zwei Bengel. »Wisst ihr denn, wie das geht?«

Der Kleinere war der Mutigere. Er hatte abstehende Ohren und eine Irokesenfrisur. Er holte einen Hocker aus einer dunklen Ecke, stellte ihn vor den Kasten, stieg auf den Schemel und legte einen Schalter um. »Jetzt steht er«, verkündete er stolz. »In fünf Minuten geht es weiter.«

»Dann stoppst du ihn in fünfeinhalb noch mal, hast du verstanden?«, rief Jessica und rannte los. Sie hatte achtzehn Stockwerke vor sich.

*

Asya und Renato warteten im Korridor, als Jessica hustend in der siebzehnten Etage ankam. Sie hatte die beiden von unterwegs angerufen und mitgeteilt, dass zwei Typen zu Renato wollten, von denen nichts Gutes zu erwarten war. Und zwar gar nichts Gutes.

Asya hielt ein Küchenmesser in der Hand, Renato eine Bratpfanne. Jessica bückte sich, stützte ihre Arme auf die Oberschenkel und versuchte, zu Atem zu kommen.

»Wir müssen abhauen«, japste sie.

In diesem Moment klingelte der Aufzug.

Gebannt starrten alle drei auf die Türen, von denen sich die rechte öffnete.

Jessica reagierte als Erste. Sie zog die Pistole aus ihrer Tasche, die sie aus dem Auto geholt hatte, fasste sie mit beiden Händen, streckte sie weit von sich und näherte sich in dieser Haltung dem Fahrstuhl, aus dem sich soeben ein Bein schob.

»Yo!«, rief der Typ mit der Unterarmtätowierung, als er die Waffe sah, und machte einen Schritt zurück in den Lift. »Die Braut hat ein Eisen!«

»Ich sagte doch, dass sie hardcore ist«, raunte Blaise. Er schien zu überlegen, was er tun sollte, setzte, als er zu einem Entschluss gekommen war, sein breitestes Grinsen auf, gluckste »Bitch, Bitch, Bitch«« und machte einen Schritt in Richtung Gang.

Jessica drückte ab. Und hatte sofort Ohrensausen. Von ganz weit weg hörte sie Asya schreien. In dem Fahrstuhl breitete sich dicker Nebel aus. Sie sah, dass die beiden Typen husteten und sich die Hände vor den Mund hielten. Auf einmal brannten Jessicas Augen.

Die Kerle drängten zur Tür und aus dem Aufzug hinaus.

Jessica schoss ein zweites Mal. Brüllend wichen die beiden zurück. Blaise sank auf die Knie, zog sein T-Shirt hoch und vergrub sein Gesicht darin. Mit zugekniffenen Augen bewegte der andere den Kopf hin und her, als ob er das Reizgas abschütteln wollte. Keiner bemerkte, dass sich langsam die Aufzugstür schloss.

*

»Woher hätte ich wissen sollen, dass das eine Gaspistole ist?«

»Du dachtest wirklich, dass die Knarre scharf ist«, zischte Renato fassungslos, während er die Tür zu seiner Wohnung abschloss, in der sie fluchtartig ihre Siebensachen zusammengerafft hatten.

»Wolltest du die beiden umbringen?« Asya stand mit dem Rücken gegen die Wand des Korridors gelehnt, sodass die größtmögliche Distanz zwischen ihr und der Pistolenmündung lag. Sie hatte eine Reisetasche und eine Gitarre dabei. »Das ist ja fürchterlich!«

»Was hätte ich denn tun sollen?«, fluchte Jessica. Sie drehte sich um und stapfte in Richtung Treppe davon.

Asya starrte ihr entsetzt nach. Die dünnen Beine, der knappe Rock, die wilden Strähnen, der wogende Gang, die Pistole in der Rechten, trotzige Kaltschnäuzigkeit in jeder Bewegung.

*

Aus der Eingangshalle hallten Kinderstimmen herüber. Die Betonwand auf der rechten Seite der Treppe reflektierte das regelmäßige Blinken eines Blaulichts. Jessica wandte sich um. Die Pistole in der einen, ihre blaue Plastiktasche in der anderen Hand, einen fragenden Blick im Gesicht.

»Lass mich das machen«, flüsterte Asya. Sie gab Renato ihr Gepäck, schob sich vorsichtig an Jessica vorbei und lugte um die Ecke.

Der Krankenwagen parkte direkt vor dem Hauseingang. In der Halle standen zwei Bahren auf Rädern. Auf jeder lag ein Mann. Die Gesichter der beiden konnte Asya nicht sehen, weil sie von Sauerstoffmasken bedeckt waren. An der einen Bahre stand eine Frau in der Uniform des Rettungsdienstes, an der anderen ihr Kollege, auf den ein Mann in einem Hausmeisterkittel einredete. Darum herum hatte sich ein Kreis von Kindern gebildet, die emsig das Geschehen kommentierten. Durch die Glastür schritten Polizisten. Der vordere rückte seinen Mehrzweckgurt zurecht und ging zielstrebig auf die Menschenansammlung zu.

Asya zog sich zurück. Sie deutete auf die Treppe, die ins Untergeschoss führte. Jessica reagierte wieder als Erste, drehte sich um und stieg an Renato vorbei in den Keller hinab.

*

Im zweiten Untergeschoss führte ein schmaler Gang an Luftschutzräumen vorbei. Am Ende des Korridors befand sich eine Metalltür. Jessica blieb stehen. Asya überholte Renato, der immer noch ihr ganzes Gepäck schleppte. »Ich glaube, das Haus hat eine Tiefgarage, Jess.«

Jessica nickte und griff nach der Türklinke. Einen Augenblick später kreischte sie. Direkt vor ihr stand der Dandy aus dem elften Stock.

Asya fühlte ein Stechen in ihrer Kehle, als sie sah, wie Jessica den Arm mit der Waffe hob und diese auf den Mann richtete. Sie hielt sich die Ohren zu, schloss die Augen und wartete auf das Unvermeidliche. Als sie keinen Knall hörte und keinen Schrei, blinzelte sie vorsichtig und öffnete die Augen wieder. Jetzt verbarg Jessica die Pistole hinter ihrem Rücken.

»Darf ich?« Der Mann streckte die Hand aus. An diesem Tag hatte er ein lindgrünes Hemd mit einem sandfarbenen Anzug und zweifarbigen Lederschuhen kombiniert.

»Gib sie ihm, Jess!«, sagte Asya eindringlich, während sie die beinahe femininen Gesichtszüge des Mannes studierte. Sein Alter war schwer zu schätzen.

Jessica sah unglücklich aus. Und sehr unschlüssig. Sie blickte Renato an, der einen Arm um Asya legte. »Wo bleiben deine brillanten Ideen, Verliererchen?«

»Wir sollten meinen Vater anrufen und ihm alles erklären«, meinte er leise. »Er wird sowieso nicht bezahlen.«

»Familie ist so was von überbewertet«, stöhnte Jessica. Sie gab dem Mann die Pistole.

Er wog sie in seiner Hand, als ob er das Gewicht einschätzen wollte, und betrachtete sie von allen Seiten. »Das ist eine Schreckschusspistole. Eine Nachbildung der *Walther P99*.« Der Mann entfernte das Magazin und überprüfte die Munition. »Gaspatronen. Oleoresin Capsicum, auch Pfefferspray genannt. Das ist sehr unangenehm.«

»Seht ihr?«, erklärte Jessica trotzig, »Damit hätte ich gar niemanden umbringen können!«

»Im Freien nicht«, präzisierte der Mann. »In einem engen Raum, einer Fahrstuhlkabine beispielweise, ist dieses Gas gefährlich.« Er steckte die Pistole in seinen Hosenbund. »Die Polizei sucht eine Frau, die auf zwei Männer geschossen hat, wurde mir gerade eben an einer Tankstelle mitgeteilt.« Er ging einige Schritte zurück und machte den Eingang in die Garage frei. »Ich kann euch hier rausbringen.«

Jessica schlüpfte durch die Tür. Asya und Renato folgten ihr.

Noch bevor der Mann irgendetwas sagte, war Asya klar, womit sie das Gebäude verlassen würden. Einige Parkplätze weiter vorn funkelte ein grüner alter Mercedes.

*

»Ich bin Jeannot!« Er verstaute die Pistole im Handschuhfach. Danach schob er eine Kassette in das Abspielgerät. Zunächst hörte Asya nichts als das leise Schleifen der Bandmaschine, dann ein Knacken und Rauschen wie von einer Plattenspielernadel. Schließlich setzte eine Trompete ein, die zerbrechlich klang und wehmütig.

Jessica hatte auf dem Beifahrersitz Platz genommen. Sie nestelte in der Tüte zu ihren Füßen und versteckte kurz darauf ihre Augen hinter einer Sonnenbrille.

Jeannot setzte zurück, wendete und fuhr durch die Tiefgarage in Richtung Ausgang. Neben der Ausfahrt befand sich die Tankstelle, von der er gesprochen hatte. Von dort drängte sich eine Frau in einem Renault vor den Mercedes. Jeannot wartete geduldig und reihte sich dann in den langsam voranrollenden Feierabendverkehr ein.

*

Asya sah den Mann zuerst.

Jeannot hatte zwanzig Minuten gebraucht, um wenige Hundert Meter zurückzulegen. Am Straßenrand standen geparkte Wagen. Der zweitletzte war Jessicas Volvo.

Davor stand er.

Breitbeinig, glatzköpfig, stiernackig.

Jeannot schaltete einen Gang herunter, der Wagen rollte langsamer, Jessica glotzte den Typen an, der zunächst nur kurz zu ihnen hinschaute, als er den Mercedes sah, sich wieder abwandte und sie dann plötzlich anstarrte, als hätte er jemanden erkannt.

Anstatt anzuhalten wie geplant, fuhr Jeannot gemächlich weiter.

»Jetzt rennt er zu einem Auto!«, kreischte Jessica.

Jeannot trat auf das Gaspedal. Der alte Mercedes machte einen Satz über eine Schwelle. Unter dem Auto rumpelte es. Irgendetwas hatte gegen den Wagenboden geschlagen. Jeannot blieb unbeeindruckt. Er beschleunigte weiter und raste an einem Verkehrsschild vorbei, das auf spielende Kinder hinwies und die Höchstgeschwindigkeit auf zwanzig Stundenkilometer beschränkte.

Der Mercedes umkreiste einen Platz, in dessen Mitte ein Brunnen stand. Von rechts kam ein Radfahrer angebraust. Er bremste, wich aus, kippte um. Eine Mutter ließ ihren Kinderwagen los, damit sie Jeannot sämtliche Mittelfinger zeigen konnte. Aus einem Restaurant rannte gestikulierend eine Kellnerin, während Jeannot haarscharf an den Blumenkästen vorbeischlitterte, die den Verkehr beruhigen sollten. Die Bedienung sprang direkt auf den Wagen zu.

Asya schrie, Jessica fluchte, Renato biss auf seine Unterlippe, Jeannot wich nach rechts aus und raste in eine Allee hinein. Eine Vespa kam ihm entgegen. Er hupte. Der Rollerfahrer wich aus und schaffte es gerade noch an ihnen vorbei. Jeannot stoppte, sah sich um, blickte Jessica an, dann Asya, schließlich Renato, schüttelte daraufhin den Kopf und fuhr weiter.

*

»Ich steige aus!« Renato stieß Asya von sich weg, die sich während der Fahrt an ihn gepresst hatte. »Ihr habt einfach einen Riesenknall! Alle beide.« Er öffnete die Hintertür. »Alle drei«, präzisierte er mit einem Blick auf Jeannot, der den Motor ausschaltete, den Sicherheitsgurt löste und sein Sakko glatt strich.

Der Wagen stand in der abgelegensten Ecke eines Hinterhofs, sodass er von der Straße aus nicht zu sehen war. Die Gebäude ringsum waren heruntergekommene Mietskasernen, die in den Sechzigerjahren für Gastarbeiter hochgezogen worden waren.

Als Renato um eine mit Graffiti verschmierte Hauswand verschwand, füllten sich Asyas Augen mit Tränen.

»Was für ein Mongo!«, fluchte Jessica. »Jetzt sind wir wirklich pleite.«

Asya hätte schreien wollen, dass Jessica nicht immer nur ans Geld denken solle, dass sie alles kaputt mache mit ihrer rücksichtslosen Art, dass sie ein egoistisches Biest sei, dass sie …

»Soll er doch abhauen, der Verlierer. Ich weiß, wo wir Kohle herkriegen«, triumphierte Jessica sogleich wieder. »Kannst du uns einen klitzekleinen Gefallen erweisen, Opa?«, säuselte sie in Jeannots Ohr. »Einen einzigen noch!«

*

Eine schmale Seitenstraße in der Nähe der Universität. Jessica lenkte den Mercedes zwischen geparkten Fahrzeugen in eine Lücke vor eine Garagenausfahrt. »Eine tolle Rumpelkiste!«

Asya stieg aus. Durch die Heckscheibe sah sie, wie Jessica eine Zigarette in den Zylinder des elektrischen Anzünders steckte und kurz darauf das Wageninnere verqualmte. Entnervt drückte Asya auf den silbernen Knopf in der Mitte des Kofferraumdeckels und zog ihn hoch.

Die Kippe im Mundwinkel, öffnete Jessica das Handschuhfach, sobald die Kofferraumklappe Asyas Sichtfeld verdeckt hatte. Hastig zog sie die Gaspistole heraus und versteckte die Waffe in ihrer Jacke. Nach einem Blick in den Rückspiegel ließ sie ein Motorrad passieren. Dann stieß sie die Fahrertür auf. Asya wartete neben ihrer Tasche, die sie am Straßenrand deponiert hatte.

Jessica holte ihr Gepäck ebenfalls aus dem Kofferraum, drückte den Deckel zu und stellte ihr Hab und Gut neben Asyas, die in die Luft starrte. Als ihr Tränen über die Wangen zu kullern begannen, hielt Jessica inne, seufzte und umarmte sie.

»Lass es nicht an dich heran, Kleine«, flüsterte sie. Nach einer Weile ließ sie Asya los, nahm ihre Sonnenbrille und setzte sie ihrer Freundin auf. Nach einem Kuss auf Asyas linke Wange eilte sie zu dem nächstgelegenen Eingang und überprüfte die Hausnummer. »Es muss weiter vorn sein.« Sie deutete in die Richtung, aus der sie gekommen waren.

Asya sah einen blauen Kombi näher kommen. Der Volvo von Jessicas Vater.

Jeannot parkte ihn auf der gegenüberliegenden Straßenseite und stieg aus. »Der Muskelprotz war nicht mehr da.« Er strahlte. »Es ist mir auch niemand gefolgt. Um sicherzugehen, bin ich extra durch zwei Parkhäuser gefahren.« Stolz händigte er Jessica den Autoschlüssel aus.

»Danke, Opa. Im Kopf bist du tausend Jahre jünger als der Chefhonk, der meine Asya sitzen ließ.«

*

Sie gingen über einen kurzen, von blühenden Rosen gesäumten Kiesweg, an dessen Ende ein Betonklotz stand. Unternehmungslustig wie eh und je stapfte Jessica geradewegs auf den Eingang zu.

»Sollten wir uns nicht zuerst umschauen?«, flüsterte Asya und zupfte Jessica am Ärmel, die eine Grimasse schnitt, ihrer Freundin aber doch folgte, als diese ihren ganzen Mut zusammennahm, einen schmalen Pfad entlangschlich und vorsichtig um die Ecke spähte.

Das Terrain war abschüssig und führte hinunter in einen Garten. Das Wasser eines Pools glitzerte in der Sonne. Von ihrer Position aus sah Asya bloß das obere Ende des Beckens. Daneben stand eine Hollywoodschaukel. In der dicht bewachsenen Hecke, die das Gelände umsäumte, zwitscherten Vögel.

Asya hatte Angst. Eine gemeine, lähmende, jeden Gedanken im Ansatz erstickende Angst. Sie wandte sich um. Wollte wegrennen. Weg von allem, was war und noch kommen könnte.

»Dort unten ist eine Scheibe kaputt.« Jessica hielt Asya an der Schulter zurück. Als sie merkte, dass sie ihre sich sträubende Freundin so nicht würde stoppen können, umklammerte sie sie mit beiden Armen. »Wir halten zusammen! Du und ich! Wir halten zusammen! Wir sind alles, was wir noch haben.«

Als Asya sich wieder beruhigt hatte, lockerte Jessica ihren Griff, strich ihr mit den Fingerspitzen zärtlich über den Rücken, presste ihre Wange gegen Asyas Hals, die Lippen auf die Schulter. »Dort unten ist ein Fenster«, flüsterte sie. »Mit eingeschlagener Scheibe. Da können wir einsteigen.«

*

»Mich fickt ein Elefant!« Jessica stand vor einer Wand voller Bilderrahmen. Vor ihrer Nase hing eine Urkunde neben Fotos von Laufstegen und feenhaft darüberschwebenden Wesen.

Es schien, als wären sie in einem Atelier gelandet. Unter dem Fenster stand ein riesiger Tisch, auf dem Stoffballen lagen, außerdem Schnittmuster, Messbänder und Scheren in allen Größen. Skizzen waren an die Wand geklebt. In der Mitte des Raumes standen Nähmaschinen. Eine dicht behängte Kleiderstange bedeckte die rechte Seite gegenüber der Bildergalerie, die Jessicas Aufmerksamkeit auf sich gezogen hatte, nachdem sie durch das Fenster auf den Tisch und von dort auf den Boden gesprungen war.

Die Wände bestanden aus unverputztem Beton, der Boden aus hellem Holz. Dem Fenster gegenüber befand sich die einzige Tür des Raumes. Je länger Asya sie anstarrte, umso unheimlicher kam sie ihr vor.

»Elena de Winter heißt eigentlich Helen Flückiger«, kicherte Jessica. »Und ich habe ein Vermögen bezahlt für de-Winter-Unterwäsche!« Sie nahm den Rahmen von der Wand, klopfte mit dem Fingernagel auf das Glas, hielt das Aluminium mit beiden Händen fest und las wieder und wieder den Text auf der Urkunde. Doch plötzlich glitt ihr der komplette Rahmen aus den Händen. Die Scheibe zerbarst, das Papier flatterte über den Boden und blieb vor Asyas Füßen liegen.

»Spinnst du?«

Jessica machte Augen, als hätte sie sich selbst aus der Fassung gebracht. Beide rührten sich nicht und horchten in Richtung der Tür aus weiß lackiertem Holz, die sich in Asyas Vorstellung seltsam verfärbte, zunächst gelblich wurde wie die Finger ihres kettenrauchenden Vaters, dann dunkler und dunkler, wobei sich gleichzeitig die Konturen auflösten, bis Asya auf einmal vor einer riesigen graugelben Wolke stand.

»Was macht ihr da?« Der Mann, der die Tür aufgestoßen hatte, trug nichts als eine Badehose. »Bist du nicht …?«, bellte er in Jessicas Richtung. »Du bist doch …« Als er zu realisieren schien, woher er Jessica kannte, schwieg er betreten.

»Die Schlampe, die du vergewaltigen wolltest«, beendete Jessica den Satz. Sie kramte etwas aus ihrer Jacke. Als sie mit ausgestrecktem Arm auf Herbert Merz zielte, wurde Asya klar, dass ihre Freundin die Gaspistole aus dem Handschuhfach in Jeannots Auto an sich genommen hatte. »Die du mit einem Trinkgeld ruhigstellen wolltest.« Sie machte einen Schritt in seine Richtung. »Die dir nicht annähernd so viel wert ist wie die Journalistenfotze, in die du zwanzig Riesen hineingestopft hast!«

Jessica war so weiß geworden wie die Tür neben dem Typ, der nun kleiner und faltiger wirkte als zuvor.

»Willst du … Geld?«, stotterte er. »Ich, eh, ich habe nichts Bares im Haus.«

»Lüg mich nicht an!« Jessica trat näher an ihn heran, die Waffe direkt auf Merz' Kopf gerichtet.

»Meine Exfrau hat alles an sich genommen. Portemonnaie, Kreditkarten, Schlüsselbund.« Er deutete auf die eingedrückte Fensterscheibe. »Ich musste in mein eigenes Haus einsteigen und das auch noch der Polizei erklären, die mich für einen Verbrecher gehalten hat.«

»Das sind Sie doch auch!«, entfuhr es Asya, woraufhin Jessica in ein heiseres Lachen ausbrach.

»Meine kleine Revolutionärin«, zwinkerte sie Asya zu, wobei sie Merz für einen Moment aus den Augen ließ. Die Hand, in der sie die Waffe hielt, schwankte in der Luft. Als Herbert Merz eine Bewegung machte, spannte sich Jessicas Körper sofort wieder. Sie sah ihn erneut konzentriert an, umfasste den Pistolengriff mit beiden Händen und trat so nahe an den Mann heran, bis sie ihm die Mündung auf die Stirn setzen konnte. »Damit meint sie deine schmierigen Geschäfte und nicht etwa die Tatsache, dass du ihre beste Freundin von hinten nehmen wolltest.«

»Jessica, nein!«, intervenierte Asya. »So war das nicht gemeint. Es ist schrecklich, was er …«

In diesem Moment ertönte aus dem oberen Stockwerk eine Klingel.

»Keinen Ton!«, fauchte Jessica Merz an. »Sonst knallt's!«

Kurz darauf wurde die Glocke ein zweites Mal betätigt. Diesmal dauerte es länger. Umso unheimlicher war die darauffolgende Stille.

Asya schwitzte. Auf einmal hörte sie Schritte. Entsetzt drehte sie sich um. Vor dem Fenster, durch das sie in das Haus gelangt waren, sah sie Männerbeine. Jemand ging in Richtung Garten. Wenige Sekunden später hörte sie Rufe.

»Herr Merz!«, schrie jemand. »Herr Merz, sind Sie zu Hause?«

Asya drehte sich um und sah, dass Jessica Herbert Merz den Pistolenlauf in den Mund gesteckt hatte.

*

»Suchen Sie Herbie?«, hauchte Jessica, während sie in Unterwäsche ins Wohnzimmer flanierte, das zum Garten hin offen war. »Er ist gerade etwas zu erregt, um Gäste zu empfangen.«

»Äh, das tut mir leid«, hörte Asya den Mann sagen, den sie vom Atelier aus nicht sehen konnte. »Mein Name ist Roberto Strick, Stadtpolizei Zürich. Ich möchte Herbert Merz etwas geben. Etwas unbezahlbar Wertvolles«, fügte er an, wobei Asya in seiner Stimme hörte, dass er gerne einmal in seinem Leben Herbert Merz wäre.

Jessica drehte sich langsam um die eigene Achse, sodass der Mann, der draußen auf der Terrasse stand, ihre Kurven begutachten und Jessica sich gleichzeitig versichern konnte, dass Asya Merz in Schach hielt.

Der lehnte mit dem Rücken an der Wand neben der Tür. Ein alter Mann in einem alten Körper, aus dem jede Anmaßung gewichen war, seit Asya ein Nadelkissen vom Nähtisch genommen und es ihm so tief in den Mund gesteckt hatte, dass sich nur noch die Nadelköpfe unter dem Band abzeichneten, das sie ihm quer über das Gesicht geklebt hatte. Er musste höllisch darauf achten, sich nicht zu stechen, was eigentlich nur ging, wenn er stocksteif stehen blieb und weder die Lippen noch den Kiefer bewegte. Asya drückte den Lauf der Waffe zwischen seine Nippel und hoffte, dass er eine Gaspistole nicht von einer echten unterscheiden konnte.

»Was ist es denn?«, säuselte Jessica in die Richtung des Polizisten. »Ein Porno?«

Asya hörte ein Hüsteln. »Etwas Ähnliches«, lachte der Mann gequält. »Könnte ich vielleicht auf Herbert Merz warten? Es ist wirklich sehr wichtig. Und nicht ganz harmlos. Auch für mich nicht.«

Asya stellte sich vor, wie der Typ Jessicas Hintern anstarrte, den sie nun langsam wieder von ihm wegdrehte. Dann verschwand Jessica aus ihrem Blickfeld. Dafür spürte sie nun Merz' Atem an ihrer Wange und verstärkte intuitiv den Druck mit der Waffe. Aus der Halle war ein Rascheln zu hören. Plötzlich blieb es still. Asya fragte sich, ob Jessica den Kerl vielleicht anfasste oder sich betatschen ließ.

»Moment mal«, hört sie den Polizisten auf einmal sagen. »Ich kenne Sie doch!«

»Das glaube ich kaum«, erwiderte Jessica mit ihrer süßesten Stimme. »Ich hätte Sie bestimmt nicht vergessen.«

»Doch. Sie sind es! Sie sind die ... die ... die in dem Video!« Er klang nun deutlich nach Bulle und nicht mehr wie ein Schuljunge beim ersten Bordellbesuch. »Du bist das Miststück, das Merz eine Vergewaltigung anhängen wollte! Habe ich doch gewusst, dass das nur gespielt war. Darum wollte ich ihm den Film zurückgeben. Keine männerhassende Furie soll seinen Ruf ...«

Asya hörte einen Schrei, ein Stöhnen, dann gequältes Fluchen. »Du verdammte Schlampe, gib mir den Umschlag!«

»Lauf, Asya, lauf!«, brüllte Jessica.

Asya schaute Merz an. Er hatte sich derart verkrampft, dass er am ganzen Körper zitterte. Seinen Kopf allerdings hielt er weiterhin starr wie eine Büste.

Sie ließ ihn stehen und rannte durch die Tür in die Richtung, aus der sie Jessicas Stimme vernommen hatte. Erst jetzt sah sie, wie groß das Wohnzimmer tatsächlich war. In der Mitte befand sich eine Sofalandschaft. Dahinter stand der Polizist, der Jessica an einem Arm zurückhielt, die sich an ihm vorbeigekämpft hatte und sich loszureißen versuchte.

Asya sah den breiten Rücken des Typen, ein kariertes Hemd und ein Pistolenholster am Hosenbund. »Stopp, lass sie gehen!«, schrie sie ihn an.

Strick drehte sich um, sah die Waffe, ließ Jessica los und griff mit der Rechten hinter seinen Rücken.

Asya drückte ab. Ein Knall, eine Gaswolke. Hustend presste sich der Kerl die Hände vor die Augen. Asya hielt den Atem an und sprintete an dem Mann vorbei, der blind um sich schlug. Sie wich seinen Schlägen aus und sah einen Briefumschlag am Boden liegen. Sie bückte sich und bemerkte, dass daneben ein Autoschlüssel lag. Ohne zu überlegen, hob sie beides auf, rannte weiter und wäre beinahe an die Glasscheibe der Fensterfront geprallt. Sie sah eine offen stehende Schiebetür und hetzte in diese Richtung, wobei sie ein Beistelltischchen voller Schnapsflachen umstieß. Wenig später schlüpfte Asya ins Freie.

Jessica sprintete bereits den Hang hinauf. Asya rannte hustend hinterher, am Hauseingang vorbei, zwischen den Rosen hindurch auf die Straße, wo Jessica vor einer elegant gekleideten Frau stehen geblieben war, der ein Taxifahrer Koffer hinterhertrug.

Jessica versperrte Elena de Winter den Weg zum Haus, zog den Büstenhalter aus, dann den Slip, warf alles auf den Boden, spuckte auf die Wäsche, drehte sich mit wutverzerrtem Gesicht weg und lief auf den Volvo ihres Vaters zu. »Scheiße, Scheiße, Scheiße!«, brüllte sie, als Asya sie einholte. »Der Autoschlüssel ist in meiner Jacke!«

Asyas Augen brannten. In der Linken hielt sie den Umschlag und den Autoschlüssel des Polizisten, in der Rechten die Pistole. Letztere warf sie weg, bevor sie sich den Schlüssel genauer ansah und verzweifelt auf den Türöffner drückte. Irgendwo piepte es. Sie sah sich um, drückte nochmals. Etwas weiter vorn wurde eine hellblaue Limousine verriegelt. Sie rannte los und betätigte den Knopf im Laufen erneut. »Schnell!«, rief sie Jessica zu, die zuerst nicht verstand, ihr dann aber folgte und einstieg, als Asya den Motor bereits gestartet hatte und aufs Gas drückte.

Der Wagen machte einen Satz nach vorn, Asya touchierte ein geparktes Fahrzeug, brachte das Auto wieder in die Spur und brauste den schmalen Weg entlang, der auf eine Straße führte, in der sich der Verkehr staute. Links von der Einfahrt befand sich ein braunes Gebäude, das ihr die Sicht verdeckte. Sie blickte in den Rückspiegel. Merz und der Polizist gesellten sich soeben gestikulierend zu Elena de Winter und dem Taxifahrer. Instinktiv gab Asya Gas.

In diesem Moment schob sich ein Auto vor sie und versperrte ihr den Weg. Jessica kreischte, Asya bremste, das andere Auto machte einen Satz und gab dadurch die Durchfahrt wieder frei. Asya beschleunigte und raste vor einem Cabrio in die Straße hinein, sah erst jetzt, dass sich auf der zweiten Spur eine Straßenbahn näherte, und drückte das Gas voll durch. Quietschend preschte sie zuerst an der Tram und dann an den im Stau stehenden Autos vorbei. Jenes, das sie beinahe gerammt hätte, war mit seinem Vordermann verkeilt. Asya sah einen aufgeblähten Airbag und einen verrenkten Mann, der sie anstarrte. Sie schaute nach vorn, merkte, dass sie viel zu schnell fuhr, um nicht aus der Rechtskurve zu fliegen, der sie sich näherte, und trat auf die Bremse.

Doch der Wagen ließ sich nicht mehr kontrollieren. Er raste über die Mittellinie hinaus und direkt auf eine Frau zu, die – nur mit einem Frotteemantel und Badelatschen bekleidet – über einen Zebrastreifen humpelte. Sie nahm das Auto zu spät wahr und wandte sich erst im letzten Moment um. Einen Sekundenbruchteil, bevor die Kühlerhaube sie auf Hüfthöhe rammte, sie mit Kopf und Schulter erst gegen die Windschutzscheibe prallte und von da auf die Straße geschleudert wurde, wo sie reglos liegen blieb.

Der Wagen schlitterte auf die Station der Standseilbahn zu, die zur Eidgenössischen Technischen Hochschule hinaufführte, schlug auf die Treppe auf, durchbrach die Holzfassade und kam endlich zum Stehen.

Eine Studentin lief zu der einige Meter entfernt am Boden liegenden Frau, bückte sich, sah leblose Augen, ein blutverschmiertes Gesicht und eine grobschlächtige Tätowierung am Hals, die einen Schmetterling darstellen sollte.

Zsófia geht fort

Mutter hatte das Mädchen in eine mit Schaumstoff ausgekleidete Kartonschachtel gebettet. Zsófia Bihari verschnürte ihre Sporttasche, deren Reisverschluss nicht mehr funktionierte, und verknotete die beiden Fadenenden. Sie wollte verschwinden, solange das Kind schlief.

Auf dem Holzofen am Kopfende des Bettes blubberte Wasser in einem Topf. Daneben stand der Plastikkübel, den sie an dem Brunnen draußen am Rand des Schotterwegs aufgefüllt hatte. Auf dem Boden flackerten Kerzen. Die Wände des winzigen Raumes hatte Großvater mit Schäfchenwolken auf tiefblauem Hintergrund bemalt.

Vorsichtig küsste Zsófia ihre Tochter auf die Stirn und umarmte danach ihre Mutter, die auf dem Bett saß und wegen ihres schmerzenden Rückens nur noch aufstand, um auf dem Plumpsklo im Hinterhof des großen grauen Steinbaus ihr Geschäft zu verrichten. Zsófia bekreuzigte sich und ging.

Der Korridor war leer. Es roch nach Exkrementen. Sie eilte in Richtung Ausgang. Draußen war es dunkel. Wieder einmal hatte die Stadt den Strom abgestellt. Dennoch fand sie den Weg ohne Mühe. Sie kannte jeden Kiesel auf dem ehemaligen Militärgelände, das ihr Zuhause war – viel mehr als Steine gab es da nicht.

Sie kam an den Umrissen eines verlassenen Gebäudes vorbei. Alles, was verheizt oder verhökert werden konnte, war weg, die Stirnseite eingefallen.

Am anderen Ende der Siedlung wohnte eine Familie, die zu Wucherzinsen Geld verlieh, das ihr aus dem Ausland überwiesen wurde. Das kleine Häuschen war beleuchtet. In dem Garten lärmte ein Generator. Vor dem Eingang stand ein Auto mit ausländischem Kennzeichen. Daneben wartete mit verschränkten Armen Máté. Kahler Schädel, ein T-Shirt, das sich über den Oberarmen spannte, Armeehose in Tarnfarben.

Zsófia fasste sich an den Hals und fuhr mit einer Fingerspitze über die Blutkruste. Großvater hatte eine selbst gebastelte Tätowierungsnadel verwendet, ein elektrisches Gerät konnte er sich nicht leisten. Das klobige Teil hatte höllisch wehgetan. Trotzdem war Zsófia froh, dass der Schmetterling mit ihr fortging. Er würde sie daran erinnern, woher sie kam und wohin sie gehörte.

Kriminalromane von Michael Herzig

Saubere Wäsche

ISBN 978-89425-338-7, E-Book-ISBN 978-3-89425-971-6

Der erste Krimi mit Johanna di Napoli

Ein Doppelmord in einer Wäscherei und eine brutale Vergewaltigung – Johanna di Napoli, ›Quotenfrau‹ bei der Zürcher Stadtpolizei, gerät zunehmend unter Druck: Ihr Chef erwartet höchste Diskretion, die Öffentlichkeit Erfolge und der Großteil ihrer Kollegen ihr Scheitern.

»Der Autor Michael Herzig kennt die Zürcher Kulisse ...«
Neue Zürcher Zeitung

Die Stunde der Töchter

ISBN 978-3-89425-362-2, E-Book-ISBN 978-3-89425-835-1

Der zweite Krimi mit Johanna di Napoli

Johanna di Napoli soll gegen Bernhard Stämpfli ermitteln, der verdächtigt wird, in großem Stil mit Kunstraubgut aus dem Irak zu handeln. Als Stämpfli entführt wird, ist klar, dass in der Geschichte jemand mitmischt, den niemand auf der Rechnung hatte.

»Ein actionreicher Krimi mit träfen Milieuschilderungen.« Blick

Töte deinen Nächsten

ISBN 978-3-89425-419-3, E-Book-ISBN 978-3-89425-868-9

Der dritte Krimi mit Johanna di Napoli

In Zürich häufen sich die Fälle, in denen Deutsche massiv bedroht werden. Johanna di Napoli bekommt den undankbaren Auftrag, der Sache nachzugehen. Unvermittelt wird es hochbrisant: Während der Einweihung eines Nuklearforschungsinstituts wird ein deutscher Spitzenpolitiker erschossen.

»Von Herzigs Hauptfigur will man mehr lesen.«
3sat ›Kulturzeit‹

Frauen hassen

ISBN 978-3-89425-671-5, E-Book-ISBN 978-3-89425-153-6

Der vierte Krimi mit Johanna di Napoli

Der Undercovereinsatz Johanna di Napolis in Berlin endet in einem Fiasko. Die Ermittlungen im Rockermilieu werden von kriminellen Ex-Cops torpediert. Johanna übersieht das entscheidende weibliche Element in einem Fall, in dem es vor Machos nur so wimmelt ...

»Die gut gelungene Version eines schweizerischen Hardboiled-Romans.« Wolfgang Bortlik, 20 Minuten

Dank

Ich danke Barbara Frei, Caroline Arni und Beat Rhyner für ihre kritischen Kommentare zur Handlung, zu den Figuren und zur Sprache dieses Romans, Peter Balzli für den Einblick in den Alltag eines Fernsehjournalisten, Ingrid Müller für die Bordellbesichtigungstour und dem Grafit Verlag für das Vertrauen.